絶対に俺をひとり占めしたい6人のメインヒロイン

SIX MAIN HEROINES WHO ABSOLUTELY WANT TO MONOPOLIZE ME

season2. 次に振られるのはキミだ

石田灯葉
TOMOHA ISHIDA
イラスト 緋月ひぐれ

SIX MAIN HEROINES WHO ABSOLUTELY WANT TO MONOPOLIZE ME

CHARACTER INTRODUCTION

平河真一《ひらかわしんいち》

「荷物は少ない方がいい。物も人間関係も、だ」

高2。ぼっちな人脈ミニマリスト。恋愛留学に参加し結婚相手を決めることになる

十条久美《じゅうじょうくみ》

「私は、真一様が幸せであれば、なんでもいいのです」

真一の母、平河楓の秘書で恋愛留学の進行役

見ないでよ、
バカ……！

絶対に俺をひとり占めしたい6人のメインヒロイン

season2.次に振られるのはキミだ

石田灯葉

角川スニーカー文庫

23712

SIX MAIN HEROINES WHO ABSOLUTELY
WANT TO MONOPOLIZE ME

CONTENTS

口絵・本文イラスト：緋月ひぐれ
デザイン：AFTERGLOW

プロローグ　これはこれでパジャマパーティ

「もぉ！　せっかくこんなとこまで来たのに、女の子5人だけじゃつまんないよぉー！」

元トップアイドル・目黒莉亜《めぐろりあ》が、ベッドに、ぼふ、と身を投げ出す。

孤島に建てられたコテージには、あたしたちの人数とぴったり同じ5台のベッドが一部屋に集められていて、それぞれのベッドの上で、花嫁候補5人がなんとはなしに話をしていた。

こんなパジャマパーティみたいなこと、ドラマの撮影でしかやったことないから、てっきり『現実っぽいファンタジー』なんだと思ってた。ほら、屋上に出られる高校なんてほとんどないのに、創作の中ではよくある、みたいな。そういうやつ。

「何言ってるのよ、リア。こんなチャンスなかなかないじゃない！」

YouTuber・渋谷《しぶや》ユウが舌なめずりしながら、小さな三脚に載せたスマホを部屋の端にある小机の上で動かして「うーん、ギリ入りきらないわね……」と試行錯誤している。定点でみんなが入るアングルを探しているみたいだ。

たしかにレアな状況だとは思う。

ライバルというか、恋敵というか、少なくとも友好的ではいられないあたしたちは、こうして全員揃《そろ》うことがほとんどない。今回みたいに半強制的にそうなる状況でなければ、この5人でこんな風にきゃっきゃうふふな普通の女子高生の修学旅行みたいな光景を模《かたど》ることもなかっただろう。

「りぃ、真一《しんいち》くんと一緒に寝たいなぁー」

仰向《あおむ》けにもかかわらず、しっかりと凹凸を主張するその身体《からだ》を持て余すように自分で抱きしめながら、目黒がやけに色っぽい声で呟《つぶや》くと、

「不可解です。いつからそんなにマノンのお兄ちゃんのことを好きになったのです？」

そんな同い年の身体をうらや……恨めしそうに見ながら、平河《ひらかわ》真一の妹・舞音《まのん》が呆《あき》れ声で指摘する。マノンのお兄ちゃん、か。独特な独占欲だ。

「えぇー、最初からだよぉ？♡　真一くんのぼっちなところも、童貞くんなところも、大好きだもん♡　絶対にりぃが結婚したい♡」

「結婚したらぼっちでも童貞さんでもなくなりますけど、そうしたらどうするつもりですか……」

「うーん、童貞くんじゃなくても、りぃは真一くんのこと、好きだし」

不意に少し真剣になった目黒の声音にみんなの耳がピクリと反応した。

「真一くんって、『他人のことなんか利用してやるんだ』みたいな冷たい人に見えて、本当は人のことちゃんと見てるし、優しいことも言うんだよねぇ」

「そうなのよね。あいつ、あれを素でやってるなら先天的なタラシの可能性があるわね。……うん、これくらいなら広角でもいいかしら」

スマホの位置がやっと定まったのか、渋谷がそんな風に応じた。

「……へえ」

「何よ、レオナ？」

あたしの口からほぼ無意識に漏れ出た声に、渋谷がむっとした顔をして、せっかく苦労してセッティングしたスマホをこちらに向ける。あーあ、もったいない。

「いや、渋谷もいつの間にか、平河のこと好きになったんだなって思って」

「はあ？　レオナこそ、いつまでそんな風に余裕こいてるつもり？　外では女優・神田《かんだ》玲《れ》央奈《おな》の名前で男をホイホイ寄せ付けてたかもしれないけど、ここじゃあんたはただのキレイな女の子なのよ？」

「余裕とかそういうんじゃないんだけどなあ。あ、キレイって言ってくれてありがと」

「褒めてないわよ。シンには、そういうの通用しないって話してんの。あいつ、人の本質を見ているもの」

「ほら、やっぱり。いつからそんなに好きになったの？」

渋谷をからかっていると、あたしの隣のベッドがわなわなと震え始めた。

「あのさ？　さっきから黙って聞いてたら、みんな、何を今さら当たり前みたいなことを言ってるのかな？　真一が優しいことも人の中身をちゃんと見てることも、知ってて当然な当たり前の常識だよ？　他にも色んな良いところがあるんだよ？　例えばね、小６の冬に一緒に下校してる時にね、…………」

平河の良いところを滔々《とうとう》と話し始める品川《しながわ》。相変わらず、ストーカー系幼馴染《おさななじみ》は愛情が重いなあ。

「でも、じゃーさぁ、咲穂《さきほ》ちゃん？」

目黒はごくごく自然にアヒル口を作って品川の話を遮る。

「さっきはどうして、あんなことしたのぉ？」

「そ、それは……」

答えづらそうにしている品川を見て、あたしは助け舟を出すべきか迷っていた。

シーズン２のルールがこんなじゃなければ、あれは、品川の理想から最も遠い選択だろうから。

第1章　多数決ならぬ、真一様決ですね

「それでは、シーズン2のルール説明を始めます」

「もぉ!?」

六本木スカイタワーの屋上プール。

恋愛留学《れんあいりゅうがく》の進行役・十条《じゅうじょう》久美《くみ》さんの宣言に、アイドル・目黒《めぐろ》莉亜《りあ》がうへぇと舌を出す。

「早いよぉー！　りぃ、夏バテしちゃうぅー」

「不可解です。それなら今すぐ直ちにお兄ちゃんから離れたらいいと思うのですが。見ているだけで暑苦しくて不快なのですよ」

俺の右腕に巻き付いている莉亜に義妹・平河《ひらかわ》舞音《まのん》が呆れ目で指摘すると、

「そうだよ、莉亜ちゃん？　真一《しんいち》だって暑いのやだよね？」

と幼馴染・品川《しながわ》咲穂《さきほ》が俺の左側から顔を出し、

「左腕にくっついてる品川が言えることじゃないと思うけどね」

と女優・神田《かんだ》玲央奈《れおな》が微笑《ほほえ》みながら言う。

正直、暑苦しいのは事実だ。

特にこの2人は、どこことは言わないが物理的な圧が強いから……。

……ん？

と、そこで、いつもは一番うるさくしている彼女が発言していないことに気が付く。

そちらに目を向けると、彼女はなぜか怪訝《けげん》な表情でこちらを見ていた。

「ユウ、どうかしたか？」

「な、なんでもないわ！　……話を戻してちょうだい、ジュウジョーさん！」

ふいっと十条さんの方に顔を向けて、ルール説明を促すYouTuber・渋谷《しぶや》ユウ。どうしたんだろう。

「シーズン2のルールは、『真一様と同じ方を選ぼう！　まさしく人生を左右する究極の2択ゲーム！』です」

「わぁ、十条さんのタイトルコールだぁ！♡」

「不可解です。何がそんなに嬉《うれ》しいのです……？」

「ほら、また話が進まないから……ちょっと平河、2人の口を塞いであげてよ」

「言い方……。ていうかそもそもなんなんだ、そのタイトルは……」

じゃれている俺たちを無視して、十条さんは話を進める。

「シーズン2は全員でのデートから始まり、ミスした方《かた》が脱落していくということを繰り返します。デートに残る方法は、『真一様と同じ選択をすること』です」

「シンと同じ選択？」

「ええ。真一様が選んだ選択肢が正解になる、ということです。多数決ならぬ、『真一様《しんいちさま》決《けつ》』ですね」

「しんいちさまけつ……。真一くんのおしり？」

「何言ってんの？」

あと、ナチュラルに俺の尻を撫《な》でるな、莉亜。

「シーズン2の期間中、皆様はスマートウォッチ経由で、何度も2択を迫られます。この2択のことを【運命の選択】と呼びます」

「うんめいのせんたく……？」

「言葉だけだとよく分からないわ！」

「ええ。それでは、実際に見てみましょう。皆様、ご自身のスマートウォッチの上を見てください」

「上……？」

十条さんがパチンと指を鳴らすと、俺のスマートウォッチ上の空中に、青い半透明のウィンドウが現れた。

「何よこれ、すごいわ！」

「異世界転生モノに出てくるステータスウィンドウみたいですね」

みんなの前にもウィンドウが出現しているらしく、ユウのみならず、舞音も瞳を輝かせている。たしかに、近未来の技術って感じがして俺も多少ワクワクするな……！

「ヒラカワの空中ディスプレイ技術です。画面を見てください。【運命の選択】の際には例えば、こんな表示が現れます」

そこには、こう書かれていた。

＝＝＝

【運命の選択】

これから行きたいのは？

Ａ：山

Ｂ：海

＝＝＝

右上には時計マークがあり、３分から１秒ずつカウントダウンを始めている。

「これ、みんなのところにも見えてるのぉ？　りぃ、自分のしか見えないけどぉ……」

「はい、超指向性の画面となっているため、真正面に立っている人にしか見えないようになっています」

「ちょーしこーせい……？」

むむむ、と言いながら莉亜が俺とウィンドウの間に顔を挟む。彼女の揺れた髪からほのかに甘い香りがして少し身を引く。

「見えたぁ！♡　なるほど、そうゆうことかぁ、真正面じゃないと見えないってことだねぇ！♡」

「ちょっと莉亜ちゃん、真一から離れてもらえるかな？　というか、十条さんは元々そう言ってたよね？　くっつく必要あったかな？　試す必要あったかな？」

「もぉー咲穂ちゃんうるさぁーい」

「自分が悪いんだよね？」

「それでは、試しに皆様、AかBかを選んでみてください」

十条さんが発言を差し込む。

シーズン1の時はやりとりが収まるのを待っていてくれた気がするが、それだと埒《らち》が明かないことを悟ったらしい。無表情の裏では結構イラついていたりして……。

「真一様もですよ？」

「あ、はい。すみません」

あれ、俺もイラつかれてる……？

とにかく、促されて、空中ウィンドウの『A：山』のところを押してみると、そのボタンの色が変わった。

みんなも同じように空中をタップしていたが、AやらBやらが画面のどこに出てくるかはランダムになっているのか、画面が覗《のぞ》けない状況では、どちらを選んでいるのか分からない。銀行のATMで1～9の番号の並びが毎回変わるようなものだ。

「皆様選びましたね。結果はこうなりました」

十条さんがそう言うと、ウィンドウに結果が表示される。

＝＝＝
デート継続は真一様と同様に『A：山』を選んだ
品川咲穂　様
渋谷ユウ　様
目黒莉亜　様

の3名様です。

＝＝＝

「なるほど、シンと同じ方を選んだらデートを継続出来るってコトね！」

ユウが得心した、と微笑むと、神田が挙手をした。

「この場合、平河と違うのを選んだあたしと舞音はどうなるんですか？」

「お2人は、真一様の半径10メートル以内に入ることが出来なくなります。もし10メートル以内に入った場合は、真一様のスマートウォッチがアラート音を鳴らし、脱落された花嫁候補の方――この場合は神田様と舞音様のスマートウォッチに電撃が走ります」

「電撃っ!?」

俺含む6人の声が重なる。

「低周波マッサージ機の最大出力程度の電流ですので、大きく健康を害するものではありませんが、罰ゲーム程度には痛いので、なるべく避けた方がよろしいかと」

「せっかくの高機能なスマートウォッチに YouTuber みたいな機能を付けるんだねぇ？技術の無駄遣いじゃないかなぁ？」

「ちょっとリア、あんた今 YouTuber を馬鹿にした？」

「別にぃー？♡」

莉亜とユウが火花を散らす。アイドル対 YouTuber みたいな構図はやっぱりあるんだろうか……？　ていうか莉亜は全方位に喧嘩《けんか》売るなよ。

「質問です」

舞音が手を挙げる。

「今のが本番だった場合、玲央奈さんとマノンは、シーズン２から永久に追放となるのです？」

「いいえ。期間中は何度でもリセット——つまり、復活することが出来ます」

「なんだ、良かった」

神田はほっと胸を撫で下ろす。

「復活は、どのタイミングで出来るのです？」

「【運命の選択】を繰り返して人が減って、１on１デートになった後にも【運命の選択】は訪れます。そこで真一様と残ったお１人の意見が違《たが》えた時には、再度全員参加から始まります」

「なるほど」

期間中、何度もそれを繰り返すということらしい。

「そして、これが最後のルールです」

十条さんは人差し指を空に向ける。

「【運命の選択】は、先ほどのように運営が出す場合と、真一様が出す場合の２つがございます」

「俺が出すことも出来るんですか？」

「はい。質問内容、選択肢共に決めていただいても結構ですし、質問内容だけ決めていただいて選択肢は運営ＡＩに委ねることも可能ですし、発信タイミングだけ決めて内容はすべてＡＩに委ねることも可能です。それでは、せっかくなので、最初の【運命の選択】を真一様から発信していただきましょう」

「え、もぉ本番⁉」

「はい。真一様、お願いいたします」

促されてスマートウォッチを操作すると、今まではなかった『【運命の選択】を発信』というボタンが表示された。とりあえず、『質問も選択肢も任せる』と押してみると。

＝＝＝

【運命の選択】

無人島まではどうやって行きますか？

Ａ：ヘリコプター

Ｂ：客船

＝＝＝

と表示された。

同時に、ピロリン♪と花嫁候補５人のスマートウォッチが音を鳴らす。彼女たちにも同じ質問と選択肢が表示されたようだ。

今回の制限時間は15分。

「時間内であれば、皆様何度でも選択肢を変更することが出来ます。もちろん、真一様も」

「なるほど。じゃあ……」

俺が片方を選ぶのを見ると、数秒間の静寂の後。

彼女たちは、思い思いに動き始める。

第2章　Round1：船上は扇情的な戦場になる

「さすがに甲板は風が強いね」

神田《かんだ》が髪を耳に掛けながら、それでも心地よさそうに目を細める。

「不可解です。でしたらどうしてわざわざ客室から出てきたのです？」

舞音《まのん》が質問すると、

「そんなの、クジラとかイルカとか、あわよくば新種の魚を見つけたいからに決まってるわよね！　レオナも案外分かってるじゃない！」

ユウが瞳をキラキラさせながら横入りする。

「あはは、そういうのも見られたらいいけどね。あたしは単純に平河《ひらかわ》の近くにいたいと思っただけだよ」

「じゃあ、分かってるのはシンの方ってわけね？」

「俺は船酔いしたくないだけだけどな」

……ていうか、さらっとドキッとするようなことを言うなよ、神田。

お察しの通り、俺が選んだのは、『B：客船』だった。

俺と同様に客船を選んだのは、女優・神田玲央奈《れおな》、義妹・平河舞音、YouTuber・渋谷《しぶや》ユウの3人。今は近くにいないみたいだが、十条《じゅうじょう》さんも同じ船に乗っている。

「それにしても、リアはカンニングで失格だなんて、サイコーにカッコ悪かったわね」

「あはは、目黒《めぐろ》らしいっちゃらしいけどね」

神田が笑う。その笑顔はなぜか、どことなく羨ましそうにも見える。

最初の【運命の選択】を俺が発信した時に俺の腕に絡み付いていた莉亜《りあ》は、俺が選ぶ時に俺の肩にあごを乗せて、画面を覗《のぞ》き込んでいたのだ。

当然それ自体には俺も気付いていたが（腕に当たっていたはずの感触が背中に移動していたから）、カンニングがどういう処理になるのかも知りたかったので放っておいた。

結果、カンニングをしたペナルティとして、莉亜は自分の選択とは無関係に、俺の選択とは別の選択肢——今回で言うと『A：ヘリコプター』を選ばされていたというわけだ。

「お陰でカンニングが失格になることが分かったので良かったです」

「あはは、兄妹揃《きょうだいそろ》って手厳しいね」

「俺は何も言ってないが？」

「とぼけちゃって。目黒を被験者にしたくせに」

心を見透かすような目で微笑《ほほえ》んでくる神田。相変わらず底知れないな、この人……。

「そういえば、咲穂《さきほ》さんはカンニングはなさらなかったのですね？　同じようにお兄ちゃんの腕にくっついていたですが」

「咲穂は神田がなんか相談があるとか言って連れていってたよな？」

「あー、あれ」

神田が少しばつの悪そうな顔をする。

「まだ最初だし、みんなで同じ選択肢を選んだらどうかなって提案してたんだ。そしたら全員ハズレでも全員アタリでも、とりあえず一旦全員で行動出来るでしょ？　本当の勝負は、もう少しルールとか立ち回りを理解してからでもいいのかなって」

「不可解です。マノンはそんな提案されていないのですが？」

「１人目の品川《しながわ》に断られちゃったからね。他の人に話す意味もなくなったってわけ」

「どうしてみんなの前で言わなかったのよ？　１人ずつなんてまどろっこしいコトしなくてもいいのに」

ユウが顔をしかめて首をかしげる。

「だって、みんなの前で言ったら、みんな黙っちゃってたでしょ？」

「……まあ、そうかもしれません」

たしかに、その場面を想像すると、『どう答えるべきか……？』とお互いの出方を窺《うかが》って膠着《こうちゃく》状態に陥りそうだ。

「ま、どうせアタシも賛成しなかったと思うからなんでもいいけどね！　それにしても、サキホが外したのは意外っちゃ意外だったわ。なんだっけ、『そんなの、知ってて偶然で……ぐうぜん？』」

「『知ってて当然な当たり前の常識だよ？』のこと？」

「うわ、声そっくり……！　すごいのね、レオナ！」

素直に褒めるユウ。いいやつかよ。

「声真似《まね》は得意なんだ。渋谷のも出来るよ。『アタシはサイコーのナンバーワンじゃないといけないのよっ！』……どうかな？」

「アタシ、そんな声じゃなくない？」

「自分に聞こえてる声と他人に聞こえる声は違うのですよ、ユウさん。というか、そっくりすぎませんか？」

舞音が若干引き気味にそんなことを言う。俺もそっくりだと思った。

「ふーん？　ま、とにかく今はサキホの話よ！　当然だとか当たり前だとか言ってる割に、シンの選ぶ方を当てられなかったじゃない」

「いや、品川は平河のことを知りすぎてたんだよ、きっと」

「どういうコト？」

「平河の性格なら、本来はヘリコプターを選んだんじゃないかな。でしょ？」

俺に水を向ける神田。ただ頷《うなず》くのも癪《しゃく》なので、問いを返すことにした。

「そう思うなら、じゃあ、神田はどうして客船《こっち》を選んだんだ？」

「もちろん、平河がこっちを選ぶと思ったからだよ。平河は、効率原理主義だからね」

神田は微笑んだまま説明をする。

「効率？　ならヘリの方がよくない？」

客船を選んだくせに、ユウが首をかしげる。

「そうだね、だからこそ、品川はヘリを選ぶと予想したんだろうし」

「だったらどういうコトなのよ？　まどろっこしい言い方はやめてちょうだい」

ユウは不愉快を露《あらわ》にする。

「あはは、ごめんごめん。ヘリは『移動手段としては』効率がいいけど、今回の目的にはそぐわないっていう話だよ。ヘリって、機内がうるさそうでしょ？　会話するのも大変そうだし、そもそも自由に立ったり座ったりも出来ない」

「まあ、そうね？」

「だとすると、ヘリに乗ってる間は本当にただの移動時間になっちゃう。でも、客船なら、移動時間もあたしたちを審査する時間に使える。だから今回は、客船の方が効率がいいんだよ。そうでしょ？　平河」

「……まあな」

審査という言い方をすると高圧的な印象があるが、まあ、彼女たちにしたらそういうことなのだろう。

「へえ、あの短時間でそこまで考えたの！　マノンちゃんも？」

ユウは一転して、感心と驚きが混ざったように表情をぱあっと開く。

「ええ、もちろんです。……というか、不可解です。それが分からずに、どうしてユウさんは客船《こちら》を選んだのです？」

「アタシ？」

不敵に微笑んで、ユウは続けた。

「アタシは、とにかくアタシが面白いと思う方を選んだだけよ！　シンがどっちを選ぶかは分からなかったしね。まあ、シンがアタシの選ぶ方を選ばないなら、シンはそれまでの男って話だわ！」

「不可解です。ユウさんは、勝ちたくないのですか？」

「勝ちたいに決まってるじゃない。でもシンが、自分の考えを曲げてまでシンに媚《こ》びるような人を選ぶような人間かしら？」

「それは……」

「まあ、一理あるかもね」

黙り込んでしまった舞音をフォローするように、神田が一言差し込む。

それにしても。

意識してるかどうかは分からないが、ユウのこういったある意味不遜とも取れる振る舞いは、実は巧妙だと思う。

先日ディアスリーランドでの、『だから、アタシの『初恋候補』にシンを選んだのよ！どう？　光栄でしょ？』という発言然《しか》り、あくまで俺と立場が対等であるということを自然に示している。

その上、先ほどの『でもシンが、自分の考えを曲げてまでシンに媚びるような人を選ぶような人間かしら？』というのだって、俺がここでユウを落とした時に本当に『その程度の男』だと周りに思わせる効果すらある。

ペースを持ってかれないように気を付けないとな……。などと考えていると。

「それはそうと、シン」

「ん？」

「……ん」

　ユウはこっちに向かって両手を広げてきた。まるで抱擁を求めるかのように。

「……なんだ？」

「『なんだ？』じゃないわ。ハグよ、ハグ。ハグして？」

　本当にハグを求めてんのかよ。

　って、いやいや。

「いきなりなんでだよ？」

「いきなりって何よ。ハグをするのに事前申請とか必要なわけ？　したいって思った時にするんじゃダメなの？」

「したいってそんな……」

「あはは。それにしても急だよ、渋谷」

　さっそくペースを乱されそうになって戸惑う俺と、眉をひそめながらも腕を広げるユウの間に、神田が割って入ってくれる。

「そういうのはこのまま勝ち上がって、２人きりに残ったらするべきなんじゃないかな」

「そんなルールないでしょ？　実際、リアだってサキホだって、好きな時に好き放題シンに抱きついてるじゃない。レオナに指図されるいわれはないわ」

「それはそうかもしれないけど……」

べーっと舌を出すユウ。余裕の微笑《ほほえ》みは崩さないものの、神田はいつもより少し困ったような、焦ったような表情になる。

俺も対応出来ずにいると、

「もう、じれったいわ」

と、ユウは自ら俺に抱きついてきた。

「ユ、ユウ……」

「うん、うん。なるほどね」

彼女は甘えるというよりはむしろ何かを検品するみたいに、背中をさすったり、肩をぽんぽんと叩《たた》いてみたり、胸に頰《ほお》を当てたりする。

一通り検品作業が終わると、俺の背中に手を回したまま、こちらを見上げて笑う。

「悪くないわっ！」

「はあ？」

「じゃあ、次はどうしようかしら」

何がどうなっているのかは分からないが、なんにせよこのまま主導権を握られるわけにもいかない。

「ユウ、ちょっとじっとしてろ」

俺は両腕をきゅっと締めて、

「ひゃんっ……!?」

自分のスマートウォッチを自分の目の前に手繰り寄せた。

結果としてユウをきつく抱きしめる形になり、ユウのいつになく可愛《かわい》らしい声がほど近くから聞こえた。

「ちょ、ちょっと、シン？　ア……アタシに抱きつかれて発情でもしたわけ？　リアとかサキホの時はそんなことなかったじゃない？」

耳元でごにょごにょ言っているのを無視して、俺は操作を続ける。

「も、もちろん、シンも血気盛んな年頃だし仕方ないかもだけど……でも、この先はさすがのアタシでも、２人きりじゃないと……」

ユウの独り言を遮るかのように、ピロリン♪と音が鳴り、

「へっ？」

「おー、本番始まったって感じだね」

「ユウさん、お兄ちゃんに抱き返されていると思ったですか？」

ユウの素っ頓狂な声と、神田の余裕綽々《よゆうしゃくしゃく》の声と、俺の操作を見ていた舞音の心なしか

勝ち誇ったような声が重なった。

そこに表示させた【運命の選択】とは。

＝＝＝

【運命の選択】
これからどう過ごす？
Ａ：船内カジノ
Ｂ：シュノーケル

＝＝＝

「なるほど、これの操作をしてたってわけね……」

呆《あき》れ目でこちらを見てくるユウ。とりあえず勢いを削《そ》ぐことには成功したらしい。

いまだにユウのさっきのハグの意味は分からないけど、それはどこかで探ることにしよう。

「ま、じゃあこれに答えてあげるわ。ふーん、なるほどね」

「これは難しくないね」

舞音含めた3人は時間を待たずして選択を終える。

＝＝＝
デート継続は真一《しんいち》様と同様に『A：船内カジノ』を選んだ
　神田玲央奈　様
　渋谷ユウ　様
　平河舞音　様
の　3　名様です。
＝＝＝

つまり、全員が残る結果となった。

「不可解です。会話を重視して乗った船で、お兄ちゃんがシュノーケルを選ぶはずがないのです。この質問では人数を絞ることは出来ないのですよ」

「まあ、たしかにそうだよな」

だがこれは、俺がもっと確実に人を絞るための布石だった。

ピロリン♪とまたしてもスマートウォッチが鳴り、次の質問が表示される。

＝＝＝

【運命の選択】

3人の中で最も勝った人が真一と2人で過ごす？

A：YES

B：NO

＝＝＝

「これって……」

この質問をしたのには2つ理由がある。

1つ目は、『こういう質問がアリなのか』を確かめるためだ。

シーズン2は、基本的に、俺と同じ選択肢を選ばない場合は敗退することになるわけだが、こういったサブルールじみた質問を入力した場合、それは質問として通るのか？ということ。

これについては、結果的に発信されたわけだから、このレベルまでは許容範囲ということだろう。

２つ目は、シーズン２全体での俺の意思決定原理に関わることだ。

とにかく多くの人と広く浅くコミュニケーションを取りたかったシーズン１とは違い、シーズン２では、彼女たちのことをより深く知りたい。

そのためには、なるべくそれぞれと２人きりになって過ごす時間を設けるべきだろう。

だが、ルール上、俺の意思ひとつで２人きりまで絞っていくのは難しそうである。

だったら、２人きりになれる可能性の高い選択を提示していくほかない。

３人は再び、制限時間を待たずして選択を終える。

「だってこれ、そもそも違うのを選んじゃったら勝負にも参加できないんだよね？」

神田のもっともな意見通り、

＝＝＝
デート継続は真一様と同様に『Ａ：ＹＥＳ』を選んだ
神田玲央奈　様
渋谷ユウ　様
平河舞音　様
の　３　名様です。

＝＝＝

3人ともがAを選んだ。

船内にはカジノ施設がある。

通常営業時なら賭博が行われているのだろうが、

「皆様未成年なのと、そもそも船上では日本の法律が適用されるため、今回はアミューズメントカジノということで」

シャツの上に黒いベストを着て、ディーラー風の格好をした十条さんがカードをシャッフルしながらそんなことを言った。

「アミューズメントカジノ？　何それ？」

「お金ではなく、メダルを通貨に見立てて遊ぶものです。このメダルは再換金することは出来ません。言ってしまえば、ゲームセンターのメダルゲームと同じですね」

「ふうん、やること自体が変わらないなら全然構わないわ。それに、今回はアタシたち、もっと大きいものを賭けてるから！　ねっ？」

俺を見て、ニシ、と笑うユウ。その笑顔に少しドキッとしたのを無表情で隠す。ポーカーフェイス、ポーカーフェイス。

「それでは、テキサスホールデムポーカーでの勝負といきましょう」

数時間後。

「わあ、初めてだったのにこんなに勝てるなんて。ビギナーズラックって感じかな」

神田が抜け抜けとそんなことを言ってのけた。

結果は、俺と神田の同着1位だった。

まず、ユウは手札の良《よ》し悪《あ》しがあまりにも表情に出てしまっていたし、無駄に強気なものだから、賭けては負けて、どんどんチップを失っていった。

途中で「なんでこんなにも揃《そろ》わないのかしら！」とブラフじみたことを叫んでいたが、案の定本当に弱い手でそれまで賭けたチップを奪われていた。

一方、舞音は無表情《ポーカーフェイス》を貫いていたし、確率と期待値から判断して常に適切な選択をしていた。だが、その判断があまりにも適切すぎるが故に、手の内が読めてしまう。ユウや神田はそこまで気が回らなかったようだが、ここは俺が確実に先回りして仕留めることが出来た。

そして、やはり女優は恐ろしいと思わせたのが、神田のプレイだ。彼女の場合、自分の手札がなんであれ、ほとんどすべて心理戦に持ち込んだ。

つまり、毎度のようにポーカーフェイスの真逆——表情を大袈裟《おおげさ》に変えてみせて、それが本当なのか嘘《ブラフ》なのかを分からなくさせていく戦法だ。それも、本当と嘘をかなり絶妙な塩梅《あんばい》で繰り出すため、ゲームが進行するほどに規則性が分からなくなっていき、読み切れなくなっていく。

「神田のこれからの表情にも信頼がおけなくなってくるな……」

俺が呟《つぶや》くと、

「あはは、言えてるね」

と笑って、

「あたしにも、何が本当か分かんなくなってきたところだよ」

とウィンクして付け加えた。なんだそりゃ。

カジノを終えて、夕飯を食べた俺と神田は2人で再び甲板に上がっていた。

ちなみに、夕飯の時に、運営からの【運命の選択】で『肉料理と魚料理、どちらを食べるか』という質問が出たが、2人とも肉料理を選んで、無事、こうしてまだ2人で一緒にいられている。

「わあ、星が綺麗《きれい》……！」

神田が感嘆のため息をつく。

甲板を照らす照明は最小限に絞られており、見上げれば、視界いっぱいの満天の星空が広がっていた。

「神田も、そういうこと思うんだな」

「あはは。演技にでも見える？」

「見えなくはない」

「もう、ひどいなあ」

神田は片頬《ほお》を膨らませてみせる。多分、わざと、わざとらしく。

「……あたし、恒星は本当に好きなんだ。綺麗だなって思う」

「へえ。……恒星？『星が好き』じゃなくて？」

「うん、恒星」

神田は微笑《ほほえ》んで、伸びをする。

「あたし、小さい頃から、周りの偉い大人から『玲央奈ちゃんは絶対スターになるね』なんて言われて育ったんだ」

「そりゃそうだろうな」

足が速い子供がいたら『将来は陸上選手だね』と言われ、ピアノが上手《うま》い子供がいたら『将来はピアニストだね』と言われる。

いわんや天才子役女優として名を馳《は》せた神田玲央奈をや、というやつだろう。

「でも、あたしの付き人みたいなことをしてくれていた母親は、撮影現場でそう言われた帰り道には決まって言うんだ。『玲央奈、あなたは月になりなさい』って」

「月……？」

「『星《スター》なんて、文字通り、星の数ほどいるのよ。でも、月はたった1つしかないわ。大きさだって有名度だって他の星とは段違いでしょう？　あなたなら、唯一無二の月にきっとなれる』って」

きっと神田の母親にそっくりなのであろう口ぶりで紡がれたそのセリフには、妙な納得感があった。

「そして、あたしは月になった」

彼女のその口ぶりは驕《おご》ってはおらず、ましてや喜んでもいない。

だから、俺は『目標を達成したんだな、すごいな』とは言えなかった。そして、それはきっと正しい判断だったのだろう。なぜなら神田はこう続けたから。

「――照らされないと、そこにいることも分かってもらえない、惑星になったんだ」

「惑星……？　神田が惑星だっていうんなら、恒星《こうせい》ってどんな人のことなんだよ？」

「星の数ほどいるよ、本当に」

神田は俺の疑問をいとも簡単に引き取る。

「あたしが籍を置いてる女子校にも、キラキラしてる子がいっぱいいるんだよね。部活頑張ってるとか、他校の誰それのことが好きとか……。花嫁候補のみんなだって眩《まぶ》しいくらいキラキラしてる。みんな、自分で輝いてるでしょ？」

「それはそうかもしれないけど」

ユウとか莉亜とかは、顕著かもしれない。

「まあ、その2人だけじゃなくてね」

「俺は何も言ってないが？」

この暗がりの中でまで心を読むな。

「あはは」

神田は見透かしたように笑ったあと、

「あたしも、この留学には懸けてるんだけどね。原作がすっごいメジャーな映画のオファー断ってきたんだよ？」

「え、まじで？」

「全然まじだよ。めちゃくちゃ売れてる漫画の映画化でね。子供時代以来に再会した幼馴《おさなな》染《じみ》のイケメンに片想《かたおも》いする女子高生の役だって」

「そうなのか……まあ、そうか」

一度は反射的に驚いたものの、ちょっと考えれば、引く手数多《あまた》の神田玲央奈が何一つ仕事を断らずにここにいると思う方が不自然だろう。

「最近はそんな役ばっかりだよ。まあ、この年頃の子にしかオファー出来ない役柄だしね」

「そんなの断ってよかったのか？」

「うん。この留学の方が、逃したら絶対もう来ないでしょ？」

「それは、まあ、そうかもしれないけど……」

うちの母親以外に、恋愛留学《れんあいりゅうがく》だなんて大掛かりなドッキリみたいなことをしている人がいるとは思えない。

「それに、言ったじゃん。惑星のあたしには、そういうの、よく分かんないから。恋とか片想いとか、そういうの」

彼女はしっとりと呟いてから、

「平河に教えてもらおうかな？」

くるりと声音を変えて、悪戯《いたずら》な表情で俺を見る。

「平河は、大崎《おおさき》に恋してたんだよね？　どんな感じだった？」

「……あのな」

ていうか、俺に教えてもらうってそういう意味かよ。

俺が想像していた意味の方がよほど恥ずかしく、俺は変なことを口走らなくて良かったと苦虫を噛《か》み潰《つぶ》す。

「お、今夜は有明の月かあ」

神田は柵に背中を預けて、再度夜空に目を向ける。

「ん、月なんか見えないけど？　新月の間違いじゃなくて？」

「言ったでしょ、有明の月だって。今は見えないけど細いやつが明け方にちょっとだけ見えるんだよ。本当の新月は明日だね。きっと星がよく見えるよ。無人島の星空は綺麗だからなあ」

「……月、よく見てるのか」

「うん。あたし自身くらいはちゃんと見ておかないとね」

そして、流れない涙の代わりみたいに、一粒の暗闇を口からこぼれ落とす。

「あたしは、もう、恒星《スター》にはなれないから」

「なんてね。あはは、ちょっと芝居がかりすぎたかな」

神田はごまかすように、

「ね、それよりさ、平河」

明るい調子で話題を変える。

「サイン、決めとこうよ」

「サイン？」

「そう。２択のうちどっちを選ぶかの合図《サイン》。そうだなあ、例えば……」

神田は少し思案した後に、

「Ａを選んでほしい時には、右手で鼻を触って。Ｂを選んでほしい時は、左手で耳を触って」

と動作を交えて示してくる。

「あたしを残しておきたいなって時があったら、平河がどっちかサイン出してくれたら、あたしはそっちを選ぶよって話」

「神田を残しておきたいタイミングなんてあるか？」

「あはは、ひどい言い方。デリカシーがないなあ、平河は」

「神田……」

「だって、今回神田とはたくさん話せたし」

夜中には【運命の選択】は発信出来ないわけだから、この後基本的には朝まで神田と一緒に過ごすことになるし。

「でも、平河さ、シーズン1から連続してずっと選択を迫られて疲れちゃってない？」

言いながら神田は、俺の頬にそっと2本指を添える。

「そういうの、あたしと一緒にいる間は忘れていいよ。平河が疲れた時とか、何か相談したい時、あたしを残して」

「神田にはどんなメリットがあるんだ？」

「あたしは、平河といられる時間が増えるもん。それくらい分からない？」

「いや、その……」

不意に心臓を摑《つか》まれるようなことを言われて一瞬たじろぐものの、俺はどうにか言い返す。

「それにしても都合が良すぎないか？」

「まあ、たしかに。でもさ、」

すると、思春期の女子高生らしい笑みを完璧に浮かべる。

「秘密のサインって、恋人みたいで憧れてたんだ」

星明かりに照らされた彼女は、儚《はかな》くて綺麗だった。

第2章（裏）　怪物VS小悪魔

「真一《しんいち》くん、早く来ないかなぁ……」

りぃが独り言をため息と一緒に吐き出すと、ぶくぶく、とお風呂の水面がちょっとだけ泡立つ。

ヘリコプターだから無人島に早く着いちゃったりぃと咲穂《さきほ》ちゃんは、みんなが来るまで2人きりで過ごすことになった。

無人島なんて言うから、どんなサバイバルをさせられるんだろうって思ったけど、北側《こっち》にはコテージもあるし、十条《じゆうじよう》さんじゃない運営のスタッフさんが別のコテージからご飯も運んできてくれたし、環境は、すっごく快適。

呂形島《ろかたじま》っていう名前のこの島は、ヘリコプターから見たら本当に『呂』って漢字そのものの形をしていた。２つの陸地が繫《つな》がって浮かんでいる島みたい。

りぃと咲穂ちゃんが今いるここは、北側の北島《きたじま》。そのままだなぁ。

それにしても。

「……咲穂ちゃんと話すことないなぁ」

女の子と2人で一時的に楽しくお話すること自体は、そんなに苦手じゃない。

アイドルの現場では、メンバー同士は当然だけど、事務所の系列の別のアイドルグループとか女優さんとかと組み合わされてお話しするようなことも多い。

カメラの前でする時は台本もあるから普通に話せるし、その前の控室でも話をすることはある。

でも、それは、あくまでも一時的に、の話。

ずっとアイドルをやっていたりぃは、妹の彩芽《あやめ》ちゃん以外の誰かと2人きりでお泊まりなんてしたことない。ツアーで地方に行く時も、ホテルは基本的にそれぞれ個室を取ってもらえたしね。

だから、誰かと2人きりはちょっと苦手。

しかも、りぃたちが到着した時には晴れてたのに、島の天気は変わりやすいのか、外は今、大雨が降ってて、一人でお散歩することも出来ない。むぅ。

それでこうして浴室に逃げ込んで長風呂してるんだけど、手持ち無沙汰になっているのは否めない。

うーん、せっかくだから、シーズン2の作戦でも考えてみようかな。

そもそも、すみれちゃんが脱落したのは意外だった。

すみれちゃんが未練タラタラだったのは見れば分かったけど、真一くんだってすみれちゃんに未練があるようにも見えたし、ぶっちゃけ見た目はすみれちゃんが一番タイプだったみたいだし。顔が良いもんなぁ、すみれちゃん。６人の中では、りぃの次くらいに。

それでもすみれちゃんが落とされた理由を、りぃは知っている。

それは、すみれちゃんが、真一くんのために生きる人だったから。

『皮肉なものね。想いが強いほどに、平河《ひらかわ》くんにとっては枷《かせ》になってしまう。どうすればよかったのか、いまだに分からないわ』

何か教えてもらえるかなぁと思ってすみれちゃんの荷作りを手伝いに行ったりぃに、目を赤くしたすみれちゃんはびっくりするくらい素直に教えてくれた。

多分、誰にも話せないし理解もしてもらえない悩みを、少なくとも状況が分かっている誰か——つまり、花嫁候補のうちの誰かに聞いてほしかったんだと思う。そういう気持ちは、分かる気がする。

りぃも、もしもアイドル活動の愚痴を言うなら、家族相手よりも、他のグループのメンバーとかの方がいいもん。ま、りぃはそんなの誰にも話したことはないけどね。誰にリークされるか分からないし。

話を戻して。

すみれちゃんの言う通りだとしたら、好き好き作戦は逆効果ってこと？　でも、自分に興味がない人を選ぶのかなぁ？　うーん、りぃはどうすればいい？

ぶくぶくぶくぶく、と泡を立てながら考えていたら、心臓のBPM《テンポ》が上がってきた。

「……このままじゃふやけちゃう」

せっかくママからもらった大切な素材を粗末にしちゃいけないね。りぃは決心して立ち上がる。

体を拭いて浴室を出ると、

「咲穂ちゃん、次お風呂どうぞ……って、えぇぇぇ⁉」

咲穂ちゃんがベッドの上にうずくまって「はぁ……はぁ……！」と苦しそうに息をしていた。

「咲穂ちゃん、大丈夫ぅ⁉」

駆け寄ると、咲穂ちゃんはりぃのことを潤んだ瞳で見ながら、りぃのパジャマをきゅっと摑《つか》む。

「真、いち……！」

……え。

うそ。もしかして、りぃがお風呂に入ってる間に……？

「真一成分が足りない……！」

「……へ？」

りぃは咲穂ちゃんの口元に耳を寄せる。

「莉亜《りあ》ちゃん、わたしね？　真一が視界にいない状態で18時間以上過ごすとこうなっちゃうんだ……」

「えぇ……」

禁断症状じゃん……。超怖いよぉ、咲穂ちゃん……。

「じゃぁ、りぃたちがディアスリーに行ってた時とか、すみれちゃんとデートに行ってた時はどぉしてたのぉ……？」

「あの時は、真一の部屋に這入《はい》って、真一のベッドの布団にくるまって、真一を感じてたから……」

「へ、へぇ……」

本当に具合が悪そうだから深刻な状況なのかもしれないんだけど、理由がちょっとアレすぎて、りぃがバラエティ番組で鍛えたアドリブ力でも対応が出来ないし、クイズ番組で鍛えた推理力でも正解が分からない。

「写真とかじゃダメなの？」

「スマホ忘れちゃったから……」

「あぁ……」

それはちょっと分かる。

この留学に来るまではスマホをどこかに忘れるなんて考えられなかったけど、ＳＩＭの入ってないスマホなんて、もはやただのカメラだもん。ユウちゃんみたいに YouTuber とかじゃなければ、肌身離さず持っている必要はないよね。

「いつもは、印刷したツーショット写真持ってたんだよ？　でも、那須《なす》のデートの時、メモ紙にして真一にあげちゃったし……。あぁ、真一を感じられるものを……」

「どぉしてそんな大切なものメモ紙にしちゃったのぉ……？」

那須のデート、何があったんだろう……？

……あ。でも。

その時、りぃの頭の上でピカーっと電球が光りました！

「……りぃ、真一くんの写真持ってるけどなぁー？♡」

「しゃ、写真……⁉　見せて、莉亜ちゃん……！」

咲穂ちゃんが目を血走らせてすがりついてくる。もぉ、ゾンビみたいなんだからぁ♡

「……でもぉ、無料《タダ》じゃ、ねぇ？♡」

「5千円……いや、1万円までならすぐに払えます」

「即答だぁ……」

高校生的には1万円ってかなりの大金だと思うんだけどなぁ……。少なくとも、写真を見るためだけの金額としては……。

正直交渉したらもうちょっと吊《つ》り上げられそうだけど、ちょっと怖いので、それで手を打つことにしよう。

……まぁ、写真の内容が内容だしねぇ？♡

「まいどありでぇす♡　ん｜と、じゃぁ、これ♡　これが1枚だけ、りぃが持ってる真一くんの写真♡」

「真イち、写しン……！」

咲穂ちゃんがガバッと勢いよく起きて、りぃのスマホを両手で掴む。もう怪物だよぉ……。

「こ、これは……！　ゔ、ゔゔゔ……！」

画面にあったのは、ユウちゃんに動画からキャプチャ｜してもらっていた写真。

――真一くんがりぃのほっぺにちゅ｜した時の写真だった。

「莉亜ちゃん、ううん、目黒《めぐろ》莉亜……!!」

真一くん成分を摂取したい気持ちと、りぃとのちゅーの写真を見たくない気持ちで本物のモンスターみたいになってる咲穂ちゃん。それでも結局目を血走らせながらも写真を見てて面白い♡

「ありがとうだけど、復活したら覚えておいてね……！」

「えぇー、咲穂ちゃん、怖ぁい♡」

またのご利用をお待ちしてまぁす♡

第3章　島と彼シャツと彼女

「きゃぁあああああああ!!」

どこか遠くからした悲鳴で目が覚めて、寝ぼけ眼をこすりながら起き上がる。

……すると、隣に。

「あ、起きた？　おはよ、平河《ひらかわ》」

神田《かんだ》が微笑《ほほえ》みながら俺を見つめていた。さながら、夫の寝顔を愛《いと》おしそうに眺める妻のように。

「いや、なんでそこで寝てんの!?」

「なんでって……妻なんだから当然でしょ？」

「いや、妻じゃないだろ。ていうか、そ、その服……！」

「これ？　平河のYシャツ借りちゃった。やっぱり平河も男の子なんだね、あたしにはちょっと大きいや」

窓から差し込む朝日に照らされながら彼シャツ状態になっている俺のYシャツの袖をすんすん嗅いで、

「あはは、平河の匂いがする」

などとはにかみ笑いを浮かべる天才女優は、そりゃもう眼福の限りではあるけど。あるけど！

「いや、昨日の夜『おやすみ』って言ってた時は自分のパジャマを着て、そっちのベッドに入ったはずだろ⁉」

「起き抜けにそんなに叫んだら血圧上がっちゃうよ？」

「誰のせいだよ！」

「あはは、すごいベタなツッコミ。それより、」

神田は袖の余った右手で部屋の外を指差して、

「さっき、なんか悲鳴が聞こえなかった？」

「……そうだった！」

俺は立ち上がり、部屋を飛び出す。

「いってらっしゃい、あたし、コーヒー淹《い》れとくねー」

よく通る声が後ろから追いかけてくる。いやだからなんだよ、その良妻感は。

廊下に出ると、乱れた寝巻き姿の十条《じゅうじょう》さんが廊下に立っていた。こっちも異常事態だ。

「どうしたんですか……？」

「……や、やや、やも……！　いも……！」

「焼き芋……？」

十条さんが季節外れなことを言いながら自分の寝ていた部屋を指差す。

「部屋の中ですか？」

「……！」

コクコク、と小刻みに頷《うなず》く十条さん。ていうか、いつになく幼い仕草だけど、この人本当に十条さんか？　そっくりな双子の妹とかでは？

「お邪魔しまーす……」

おずおずと十条さんの部屋に入るものの、部屋の中には何も見当たらない。

窓に近づくと、ヤモリだかイモリだかが張り付いていたので、ガラスを軽く叩《たた》いて追い払い、窓を開けて外を確認するも、そこにも何もないし、何もいない。

……いや？

『……や、やや、やも……！　いも……！』

「もしかして、十条さん、」

言いながら振り返ると、

「いかがなさいましたか？　真一様《しんいち》」

「縮地《しゅくち》……!?」

目の前に、すんとした表情の十条さんが立っていた。さっきまでの慌てようが嘘のように姿勢を正している。

「縮地については、楓《かえで》様の秘書をするにあたり体得いたしました」

「え、やば……。いやいや、それよりも十条さんって、爬虫《はちゅう》る」

ぴと、と唇が十条さんの人差し指で塞がれる。

「それ以上はどうか、お口になさらないでください」

改めて間近で見る十条さんの陶器みたいにきめ細かい肌とビー玉みたいに綺麗《きれい》で静かな瞳に、塞がれた唇とは関係なしに声を失う。

「平河、コーヒー淹れたよー。……あれ、お取り込み中？」

神田の声で我に返り、

「そ、そんなわけないだろ」

俺は身を引いて十条さんの指から離れ、「失礼します」と軽く一礼して部屋を出た。

「妻が待つ部屋のすぐそばで浮気っていうのは感心しないなあ、平河」

言葉とは裏腹に、にやにやとした笑みを浮かべる彼シャツ姿の神田は、

「妻じゃないだろっての」

口に出してしっかり否定しておかないと惑わされそうになるほど、つくづく『理想の妻』をしていた。

神田の淹れてくれたコーヒーを飲んでから甲板に上がると、陸地が見えてきた。

「あの島が今回の目的地です」

「おお、あれが……」

「あの、それより十条さん。いつもこんなに平河の近くにいましたっけ？　せっかくカジノで頑張って勝ち残ったのに、２人きりになれないんですけど」

「私は花嫁候補ではございませんので、関係ございません」

「やっぱりさっき、部屋で何かありましたか？　思わぬライバルの登場だったりして」

神田は相変わらず言葉とは裏腹に余裕の微笑みを浮かべている。

それにしても、神田とはだいぶ長い時間を一緒に過ごしている気がする。

夜10時以降は就寝時間が近いこともあり、【運命の選択】の発信が出来ないのだ。結果として、時間にすると10時間近く神田と２人きりになっている。

「ま、十条さんがいるから完全に２人きりってわけじゃけどね」

「心を読むな」

と、その時、スマートウォッチがピロリン♪と音を鳴らして、

『一定時間が経過しましたので、【運命の選択】を発信してください』

と俺を急《せ》かした。お前も心を読んでるんじゃあるまいな。

「そういえば……こういうのって可能なのか？」

俺は神田に悪いとは思いつつも、【運命の選択】を発信してみた。

神田のスマートウォッチがピロリン♪と着信音を鳴らす。

そこに表示されている質問は。

＝＝＝

【運命の選択】
これからどうする？
Ａ：花嫁候補を復活させる
Ｂ：このまま２人で過ごす

＝＝＝

「ええ、こんなのアリなんだ」

微笑みの中に一雫《しずく》の寂しさをブレンドしたみたいな表情で、神田は呟《つぶや》いた。

「平河がAを選んだら、あたしがどっちを選んでも花嫁候補は復活するってことでしょ？

なるほど、平河はこれを使えば、リセットが可能なんだ。まったく、つくづく不公平なゲームだね」

神田はAを選んで、花嫁候補の復活が決定された。

「Aを選ぶんだな？」

「女心が分かってないなあ、平河は」

意外に思っている俺の頬《ほお》を2回つついて、

「どうせリセットされるなら、せめて、同じ意見にしたかったんだよ」

と拗《す》ねたような顔を見せた。

なんらかの通知がいったらしく、ユウと舞音《まのん》が俺たちのもとにやってくる。

「ホントね！　もうシンの近くにいてもビリビリしないわ！」

「不可解です。何回か近くに行ったような口ぶりですね」

「もちろん行ったわよ。結構クセになるビリビリなのよね……」

「変態さんじゃないですか……」

どうやら全員デートが再開したようだ。

「そういえば、この場合、リアとサキホはどうなるのかしら？」

「物理的に参加出来ない方は、合流出来る時まで参加でも不参加でもない状態になります」

「どういう意味です？」

舞音が首をかしげる。

「つまり、今【運命の選択】が発信されたとしても参加は出来ませんが、逆に言えば脱落することもありません。このあと、島に着いて合流したところからの参加となります」

「なるほどね。それで、その島にはいつ着くのかしら？」

「あちらに見えておりますよ」

「本当!?」

十条さんが手で示す島になるべく近づきたいとばかりに、ユウが柵から身を乗り出す。

「うーん！　ザ・無人島って感じね！　サイコーだわ！」

「不可解です。どこらへんがそう見えるのです？」

「ほら、あそこのいかにも犯人が自供しそうな高い崖とか……」

「あはは、そんなに身を乗り出して海に落ちないように気を付けてね」

３人の反応を見守った後、十条さんが「それでは」と話を引き取る。

「到着までの間に、島の説明を簡単にさせていただきましょう」

「いいの!?　ありがとう！」

素直にお礼を言うユウ。いいやつかよ。

十条さんがどこかからタブレット端末を取り出すと、そこには島の地形図が表示された。

「これから向かうのは、呂形島《ろかたじま》という島です。名前の通り、上から見ると、『呂』という漢字にそっくりの島です」

「なるほど……？」

言われてみると、たしかにそう見えなくもない。

北側に小さめの島、南側に大きめの島があり、その間に吊り橋《つばし》が一本通っているみたいだ。

ただ、『呂』の字は真ん中に一本線があるが、吊り橋は島の東端同士を繋《つな》いでいるため、若干バランスの悪い形になっている。

口に出したらユウあたりに「あんた、細かいのね……」とか言われそうだから黙ってるけど。本当に気にすべきことはそこじゃない気がするし。

「北側のエリアを北島《きたじま》、南側のエリアを南島《みなみじま》と呼んでおります」

「あはは、そのままだね」

「南島はレジャーを楽しんでいただくためのエリアとなっております。宿泊は可能ではありますが、テントで寝泊まりしていただくことになります。対照的に、北島にはリゾート地のような豪華なコテージがいくつか立っております」

「レジャー？　コテージ？」

舞音が眉をひそめる。

「不可解です、無人島なのに電気が通っているのです？」

「ええ。ＶＩＰの方々が島ごと貸し切って寝泊まりするようなことも想定したアミューズメントな無人島ですから。ドラマや映画の撮影などでも使われることもあるそうですよ」

「へえ……」

大金持ちの余暇の過ごし方は際限ないな……。

「なお、南島と北島の間の海域にはサメが生息しているので、泳ぐのは極めて危険です。ご遠慮ください」

「「サメ……！」」

舞音は戦々恐々と、ユウは瞳をキラキラに輝かせて、同じことを口にした。

そうこうしているうちに、船がスピードを落として、やがて港らしきところに着岸した。

「お待たせしました、呂形島に到着です」

船を降りると、

「真一くぅーん！」「しん、いち……！」

向こうから莉亜《りあ》と咲穂《さきほ》が駆け寄ってくる。

2人ともなんだか助けを求めるような表情だ。咲穂なんか呼吸困難みたいになってるし。

大丈夫か？

とか思っていたら、

「真一、真一、真一、真一……！」

「おい、咲穂……！」

必死の形相でスピードをゆるめずにこちらに向かってくる。おい、俺、船降りたばかりで港のへりにいるんだけど⁉

「真一真一真一真一真一真一真一真一真一真一真一真一……！」

「咲穂、止まれ、頼む、このままだと……うおぉ⁉」

このままじゃ危ない、と判断した俺は、向かってきた咲穂を真正面から突き飛ばす。

その反動で俺は、

「あーあ……」

諦観のため息をつきながら、背中から海に落ちた。


「真一、真一、ありがとう、ごめんね……！」

クロールで浜に上がると、興奮さめやらぬ（？）咲穂が抱きついてきて、俺の胸に自分の頭やら頬やらを擦り付けるようにしてくる。

「あはは、もはや何に対してのお礼とお詫《わ》びなのかよく分からないね」

「おい咲穂。俺ずぶ濡《ぬ》れだから咲穂も濡れちゃうんだけど……」

「不可解です。原因を作ったのは咲穂さんなのですよ。お兄ちゃんは咲穂さんに甘すぎると思うのです」

俺が呆《あき》れ声を出すと、舞音が横でふくれっ面になる。

「なんで舞音が怒ってんだよ？」

「あはは、出た出た、平河の鈍感ラノベ主人公ムーブ」

「え。舞音、そういうことなのか？」

「……知りません」

ぷいっ

舞音はぷいっとそっぽを向いてしまう。

可愛《かわい》らしくヤキモチを焼いてるようにしか見えないのだが、それでも舞音は、「マノンがお兄ちゃんのことを好きなはずありますか？」とか言うからなあ……。

俺たちの会話などお構いなしに、「真一、ぐふ、真一成分、ちゃーじ……」と明らかになんかやばくなってる咲穂。

「……ふん」

そしてまた、なぜかいきなり怪訝《けげん》そうな顔になるユウ。

一筋縄ではいかないリアクションを重ねる女子たちに困惑している俺の前で、

「真一くん♡」

莉亜が俺の前で前屈《まえかが》みになる。薄着の中に見えた厚手の胸元から目を逸《そ》らした。

「咲穂ちゃん、大変だったんだよぉ？♡　昨日の夜、パニックになっちゃってさぁ。このまま呼吸困難で死んじゃうかと思ったよぉ♡　りぃが応急処置しなかったらどぉなってたかなぁ……♡」

「応急処置？　すごいな、莉亜、そんなことできるのか？」

「そぉなの！　もっと褒めてぇ♡」

「ううん、真一。目黒《めぐろ》莉亜のことなんか褒めなくていいんだよ……？」

俺の胸元から、じとっと仄暗《ほのぐら》い声で咲穂が囁《ささや》いた。

「フルネーム……」

咲穂がフルネームで呼んでいたのは『大崎《おおさき》すみれ』だけのはず。

つまり、莉亜が咲穂にとって憎悪の対象になってるってことなんだけど……。

「なあ、２人の間に何があったんだ……？」

「『莉亜、咲穂に何をしたんだ？』って聞き方をしない真一くんが好きぃ♡」

と、その時、俺を含むみんなのスマートウォッチがピロリン♪と通知音を鳴らした。

運営発信の【運命の選択】だ。

＝＝＝

【運命の選択】

　この後どこで過ごす？

　Ａ：北島

　Ｂ：南島

＝＝＝

制限時間は30分。

「真一……！」

潤んだ瞳で見上げてくる咲穂。

正直、今の状態で咲穂と別の選択肢を選ぶのは危ないと思われる。

「十条さん、今いるのはどっちですか？」

「こちらは北島です」

ふと見ると、少し遠くにコテージらしきものが3棟見える。那須の別荘くらい大きいものが2つと、それより少し小さいものが1つだ。

船の上での十条さんの説明だと、北島にはコテージがあり、南島にはテントがあるとのことだった。

次に、俺は周りを見回す。

まっさらな白砂の砂浜は非常に綺麗《きれい》だ。1つも人工物がなく洗練された印象を受ける。

「南島に渡ってみてもいいですか？」

「ええ、制限時間内に決めていただけるなら、構いません」

「りぃも行ってみたぁい！♡」

俺たちは南島に向かう。

……だが、そこには難関が立ち塞がって——いや、吊り塞がっていた。

「怖いねぇ真一くん……！」

びゅおおぉぉ……と崖の下から風が吹き荒《すさ》ぶ。

目の前には吊り橋。それもかなりボロいやつだ。

地面に刺さった太い棒に、太い縄ロープが何重にも巻かれて、向こう岸とこちらを繋ぎ、木の板がなるべく隙間ないように敷き詰められている。

だが。

「うーん、刃物でこのロープを切ったら一発アウトだね」

「玲央奈《れおな》は、どうしてそんなに冷静なのかな……？」

検分する神田に咲穂が震えながらツッコミを入れる。

「サイコーだわ！　こんな今にも落ちちゃいそうな橋渡れるなんて！」

「不可解です。死ぬのが怖くないのですか……？」

「アタシはね、こんなところでビビって渡らない人生よりは、渡ることに挑戦して死ぬ方を選ぶの！　そっちの方がかっこいいからね。ね、シンもそう思うでしょ？」

「あ、ああ……」

またしてもユウの謎哲学が飛び出しているようだが、今の俺はそれどころじゃない。

「真一、大丈夫……？」

「お、おう……」

俺のことならなんでも知っている咲穂は気遣わしげに俺を見つめた。

俺は、少々高所恐怖症のきらいがあるのだ。

「真一くん、高いところ苦手なのぉ？」

「ああ、まあ」「真一は別に、高いところ自体が苦手なわけじゃないよ？」

俺に対しての質問になぜか咲穂がカットインしてきて流暢《りゅうちょう》に答え始めた。

「そんなの知ってて当然な当たり前の常識だよ？　現に飛行機も乗れるし、六本木スカイタワーみたいな高層ビルも大丈夫だよね。文明を信用しているからね。でも、プールの飛び込み台とか、そういうのが苦手なんだ。どちらかというと、落ちる感覚みたいなのが苦手ってところかな？」

「咲穂ちゃんがすっごい答えてる……。あ、でも、だからジェットコースター乗った後ストレスホルモン出ちゃったんだぁ？♡」

「多分な……」

ジェットコースターも飛行機と同じ乗り物だからいけるかと思ったものの、かたや安全に人を運ぶための移動手段、かたやスリルを楽しませるためのアトラクション。結果的にはまったく別物だったというわけだ。

改めて薄目で崖の下を覗《のぞ》くと、そんなに高いわけではないものの、それでも怖い。しかもこの下にはサメがいるんだろ？

「深淵《しんえん》をのぞく時、深淵もまたこちらをのぞいているのだぁ……」

耳元でなぜか格言を囁かれ、俺はそちらに視線を移す。

「莉亜、難しい言葉知ってるんだな」

「真一くんをのぞく時、真一くんもまたこちらをのぞいているのだぁ♡」

「なんだそれ……」

『のぞく』っていうよりは、至近距離で見つめてくる目黒莉亜。元アイドルの目力《めぢから》がすごすぎて吸い込まれそうだ。

「不可解です。よくそんな言葉でイチャイチャ出来ますね？」

「イチャイチャしてないんだけど」

「シン、怖いなら一緒に渡りましょうよ！」

「あっ……！」

すると、莉亜から奪い取るように、ユウが俺の腕を摑《つか》む。

「なんでだよ!?」

「吊《つ》り橋《ばし》効果ってのが本当にあるか確かめるのよっ！」

そして、ぐいぐいと引っ張られて、俺の足がもつれた。

「うわあああ分かった分かった分かったから引っ張るな自分のペースで行くから！」

「お待ちください、真一様、渋谷《しぶや》様」

十条さんから声をかけられる。

「こちらの吊り橋は見ての通り大変にボロうございます」

「ボロうございますって……」

「ですので、1度に1人ずつしか渡ることが出来ません」

そう言いながら、十条さんは橋の脇にある立て看板を指差す。確かにそこには、

『注意！　1人ずつお渡りください』

と書いてあった。なんか一休さんのとんちが発動しそうな看板だな……。

「じゃあ、この橋を2人で渡った人間はこの世にまだいないってコトよねっ!!」

ユウは瞳をキラキラに輝かせて俺を見る。

「やらないからな？」

「やっぱり楽しかったわ！　サイコーのスリルよ！」

吊り橋を渡り切ったところで、相変わらずの元気いっぱいの笑顔を浮かべるユウ。

「あはは、平河、やつれてるよ。大丈夫？」

「ああ、うん……」

「無理させてごめんね、真一……」

「不可解です。お兄ちゃんは咲穂さんのために渡ったわけではないと思うですが」

咲穂が俺にくっついて滲《にじ》んだ冷や汗だか脂汗《あぶらあせ》だかをハンカチで拭ってくれる。

自分が渡るのも当然怖かったが、ユウがぐらぐらに揺れる吊り橋を飛んだり跳ねたりしながら渡るものだから、見てるだけでも心臓に悪かった。

「とにかく、吊り橋効果なんてないということが証明されたですね」

舞音は呆《あき》れたようにため息をつく。

「あはは。ちょっと違う気がするけど。それにしても、平河、そんなに怖いなら渡らないで北島で遊んでれば良かったのに。そんなに南島に来たかったの？」

「……まあな」

そんな話をしながらも、やがて南島のビーチに到着した。

「……やっぱりか」

「やっぱり？」

こちらの方の浜辺はレジャーが充実しているようだった。

砂浜の上には、ビーチバレーのコート、カバナ、ビーチパラソル等々、ラクジュアリーな海水浴場にありそうなものが色々あるし、テントの近くにはバーベキュー場らしきものも用意されている。

砂浜キャンプ……いや、もはや砂浜グランピングといった趣だ。

南というくらいだから、日当たりもややこちらの方がいいような気がする。

だったら。

「よし、どっちにするか俺は決めた」

そう言って、俺は片方の選択肢を選ぶ。

「えぇー真一くん、どっちにしたのぉ？」

「教えないっての。またカンニングになるぞ？」

「いじわるぅー」

なるべくなら1回の【運命の選択】の度に1人でも脱落させたいところなのだ。

最終的に2人きりになりたいわけだし、【運命の選択】の数は限られているだろうから。

ところが、

「莉亜さん、お兄ちゃんに聞いても無駄ですよ。……咲穂さんは、どっちを選ぶのです？」

……そうは問屋《まのん》が卸さないらしい。

「わたし？」

「なるほど。尋ねるべきは平河じゃなくて、品川《しながわ》の方ってことか」

「どういうコト？」

ユウが首をかしげる。

「お兄ちゃんは、こう見えて公平性を重んじるところがあるのです。そんなお兄ちゃんが禁断症状が出ている咲穂さんを放っておくとは思えません。……ということは、咲穂さんが選ぶだろう選択肢をお兄ちゃんは選んでいるということです」

「でもでも、咲穂ちゃんが何を選ぶかなんて、真一くんに分かるのぉ？　咲穂ちゃんは真一くんのストーカーだけど、真一くんは咲穂ちゃんのストーカーじゃないよぉ？」

「『真一くんをのぞく時、真一くんもまたこちらをのぞいている』のでしょう？」

「ん？　なにそれぇ？」

「不可解です……！　莉亜さんがご自身で言ったことなのですが……!?」

莉亜に本気で分からないという顔をされて、舞音が驚愕《きょうがく》に目を見開く。どんまい。

「それじゃぁ、咲穂ちゃん、どっちを選ぶのぉ？♡」

「それは……」

「品川？」

答えあぐねる咲穂に、神田が念を押すみたいに声をかける。名前呼んでるだけなのに妙に圧が強いよ神田さん……。

静かに逡巡《しゅんじゅん》したあと、咲穂は、

「……Bの南島」

ぼそり、と口にした。

「ほんとうかなぁー？」

莉亜があざとく目を細めて咲穂の顔を至近距離で覗《のぞ》き込む。

「百合《ゆり》営業もするんだね、目黒って」

「何だ、それ？」

「あはは、なんでもない」

関係ない話をしていたはずの神田は、

「それじゃ、品川が本当のことを言ってるか暴いてみようか」

飄々《ひょうひょう》とそんなことを言ってのけた。

「そんなコト出来るわけ？」

「まあ、見ててよ」

そして、咲穂に一歩近づく。

「ねえ、品川。平河が南島を選んでるとしたら、品川の選択を隠れ蓑《みの》にして、砂浜で遊びたいってことなんじゃない？　それでもいいの？」

「どういうことかな？」

「みんなの水着が……いや、品川と目黒の水着が見たいのかなって」

「はい……？」

咲穂の瞳がやや暗くなる。

「品川は知らないと思うけど、実は船でシュノーケル出来るチャンスもあったんだ。でも、その時はしなかった。でも、今回水着を着るような選択をしたってことは、つまり、平河は……胸が大きい女の子が好きってことになるよね。品川と目黒はそのトップ２だからね。ということは、だ」

神田が人差し指を振りながら勿体《もったい》ぶった説明をする。

「平河はごくごく一般的な、そこらへんの男子と変わらない、すけべ男子ってことだね」

「……玲央奈、撤回してくれるかな？」

「お。怒った？」

神田は余裕の表情を崩さない。

「当然だよね？　真一が南島を選んでくれたとしたら、わたしのことを気遣ってくれてる以外の理由なんてありえないんだよ？　もしかしたら、大きいお胸が好きって可能性はなくはないけど、それはわたしの胸が見たいってことであって、決して目黒莉亜の胸を見たいからじゃないよね？　でも、残念ながら、本当に残念ながら、わたしの胸が見たいっていうことも今のところはないかな。だって、わたしは求めてくれたらいくらでも見せてあげるし、触らせてあげるんだもん。それでもそれを今まで頼んでこなかったってことが、どれだけすごいことか、玲央奈に分かるかな？　つまり、真一は心が綺麗《きれい》でかっこいい、なのに色気がある、最強の男の子――ううん、最強の人類ってことだよ？」

「……ていうことらしいよ、みんな」

長文早口を聞き届けた神田がにこっと微笑《ほほえ》む。

「ふぅーん？♡　少なくとも、咲穂ちゃんが南島を選ぶのが本当ってことは分かった♡」

「なるほど、もし咲穂さんが北島を選んでいたとしたらお兄ちゃんのことをこんなに必死に守る必要はないということですね」

「別にサキホがどっちを選ぶかなんてどうでもいいコトだけどね。アタシはもう選び終わってるわよ」

そして、全員の選択の結果。

＝＝＝

デート継続は真一様と同様に『Ｂ：南島』を選んだ

神田玲央奈　様

品川咲穂　様

渋谷ユウ　様

平河舞音　様

目黒莉亜　様

の５名様です。

＝＝＝

フルメンバーでのデート継続となった。

第4章　Round2：潔いほどに水着回

「うん、うん。なるほど、こういう感じなのね」

数十分後。

「真一《しんいち》、真一、真一……！」

俺は、左右ステレオで声を聞きながらビーチを歩いていた。

他の4人は水着になったが、咲穂《さきほ》だけは私服のままだ。

咲穂は着替える間すら惜しんで俺にくっついていた。

更衣室用のテントにも入ってきそうな勢いだったので、入り口で「待ってろ」と告げたら、

「うん、約束だよ？　絶対に戻ってきてね？　わたし、真一のこと、ずっと、ずっと、待ってるからね……？」

と、俺は出征でもするのかというくらいの重たい送別をされて、その3分後、俺が更衣室から無事に帰還した際には、

「真一、良かった、出てこなかったらどうしようかと思った……」

と熱烈な歓迎を受けた。

俺が言うのもなんだが、俺と離れていた1日がよほど咲穂を不安にさせたらしい。

ていうか、これまでこうならなかったってことは、俺が大崎《おおさき》と一緒にバリに行ってた時とか、どうしてたんだろうか。いや、むしろ、もっと前、俺が中学の修学旅行で北海道に行ってた時とか……。

「なあ、咲穂。俺が中3の修学旅行に行ってた時って」

「学校休んでついていってたよ？　向かい側のホテルの同じ階の部屋取ってた」

「あ、そうですか……」

ヤバ女じゃん。同じホテルじゃなくて向かい側のホテルを取っているところに咲穂の本気が窺《うかが》えてヤバい。

いや、まあ、咲穂のことは分かった。

どちらかといえば問題なのは、恋人繋《つな》ぎで握られている俺の右手の方だ。

「やっぱり、悪くないわ」

「……何が？」

「気分っ！」

俺の右を取っている主——渋谷《しぶや》ユウの笑顔はいつも以上に眩《まぶ》しくて結構なのだが、それにしても意味も意図も分からない。

「なあユウ。そろそろ教えてくれ。船の上から一体何を……」

「もぉやだぁ!!」

俺がユウを問いただそうとしたその瞬間、後ろから喚《わめ》き声《ごえ》が聞こえた。

「ユウちゃんさっきから邪魔ぁ！　真一くんの右側はりぃの特等席なのにぃ！　ユウちゃんは船で一緒だったでしょー？　次はりぃの番だよぉ！」

莉亜《りあ》だ。

禁断症状が出ていた咲穂はともかく、その前から長く同行していたユウが我がもの顔して俺の隣にいるのが許せないらしい。

「別に今回のルールは順番交代制じゃなくて、あくまでシンと同じものを選ぶかどうかの勝負でしょ？　アタシは前回も今回もシンと同じ方を選んだってだけよ。超正々堂々だわ」

「ぐう……」

ぐぅの音《ね》しか出なくなっている莉亜に、ユウが追い討ちをかける。

「そこいくと、最初の【運命の選択】の時のリアの負け方は何よ？　選択肢を間違えるとかじゃなくて、カンニングしてペナルティーだなんてサイコーにダサいわ」

「ズルなら、シーズン1でユウちゃんだってやってたじゃん！」

「『ズルするな』なんて言ってないわ。ただ、ズルするなら勝たないとカッコ悪いって話をしてんのよ」

出た、ユウの謎哲学。

「むぅー！　じゃぁとにかく、勝負に勝てばいいんだねぇ？」

あくまであざとかわいく頬《ほお》を膨らませてユウを睨《にら》んだ莉亜は「真一くん！」とこちらを見る。

「【運命の選択】、出して！　りぃ、ユウちゃんと勝負したい！」

なるほど。たしかにこのまま5人全員でのろのろと歩いていても仕方ないしな。

「不可解です。それはつまり、おふたりの勝負なのに、マノンたちも巻き込まれるということですよね？」

「まあまあ、そういうルールだから仕方ないよ」

舞音《まのん》と神田《かんだ》が呆《あき》れたため息をつくなか、俺は左をなるべくさりげなく一瞥《いちべつ》する。が、

「真一？」

さりげなく一瞥、のつもりでも、相手がこちらを凝視している場合、すぐに目が合ってしまう。どうせならしっかり確認するか、と咲穂の顔をじっと見た。

「そんなにわたしのこと見てどうしたのかな？　やっぱりわたしのこと大事だなって思った？」

そこまで言って咲穂は顔を強張《こわば》らせる。

「……いや、違うね？」

俺の真意に気付いたらしい咲穂は逃げるようにバッと目を逸《そ》らす。

「わたし、まだ具合悪いよ……？」

「そっか、体調が戻って良かった」

言葉とは真逆に、咲穂の顔色はだいぶ良くなっている。

それなら、そろそろ話を先に進めてもいいだろう。

俺が発信すると、みんなのスマートウォッチがピロリン♪と音を鳴らす。

「……真一の意地悪」

送った【運命の選択】は、こうだ。

＝＝＝

【運命の選択】

　これから何をする？

　Ａ：ビーチバレー

　Ｂ：ビーチフラッグ

＝＝＝

「ユウちゃん、別のやつ選ぼぉね？」

「アタシは自分の思った方を選ぶわよ？　どっち選んだか教えてあげるから、リアがアタシと別の方を選びたいなら好きにするといいわ」

「なんでよぉ、相談しようよぉ！」

　ぷんすかと可愛《かわい》い擬音を立てて怒る莉亜。

「アタシは自分の選択でナンバーワンになるのよ。そこに他の誰かの意思なんかいらないわ」

「もぉ、ユウちゃん、アイドル向いてないよぉ？　メンカラも歌割りも、自分じゃ選べないんだからねぇ？」

「メンカラ……？　何か知らないけど、アタシ、アイドルじゃないもん」

まあ、今回は（今回も？）ユウの言ってることに分《ぶ》がある。

「まあまあ、２人とも。だからこそ、平河《ひらかわ》がどっちを選んでも勝負になるような競技にしてくれたんだと思うよ。とりあえず、ここで平河が選んだ方を引けるかは２人の思ってる方でいいんじゃないかな」

「ぶぅ」

「相変わらず子供みたいな拗《す》ね方ですね……」

各自が思い思いの選択をしたらしく、スマートウォッチ上の空中ディスプレイに結果が表示される。

＝＝＝
デート継続は真一様と同様に『Ａ：ビーチバレー』を選んだ
渋谷ユウ　様
平河舞音　様
目黒《めぐろ》莉亜　様
の３名様です。
＝＝＝

「なによ、結局リアと一緒じゃない！」

「だねぇ……もぉ、勝負にならないじゃんかぁ！」

「不可解です、咲穂さん。お兄ちゃんのことなら何でも知っているのではないのですか」

残った３人のうち、舞音がやや呆れたというか残念そうにため息をつく。

「あー……。あれ、どうしたんだろうね、わたし……。真一と離れてる間にちょっと鈍《なま》っちゃったかな？」

咲穂は自嘲気味に笑いながら、目を伏せる。

「あーあ、あたしも失格だ。いやあ、平河はチーム競技よりも個人競技が好きだと思ったんだけど」

その隣で、神田が頰をかきながら言った。

たしかにそれも考えた。

カジノの時と同じような【運命の選択】を使えば、ビーチフラッグでトーナメントを行い、最後の１人と２人きりでデートをすることが出来る。今回の俺の行動原理に適《かな》った選択肢と言えるだろう。

だが、ビーチフラッグは却下した。

そもそも『足が速い』ということが、俺の結婚相手に求める条件にかすりもしていない。

それなら、チームプレーが出来るかどうかを見た方がまだ有益だ。

「ということで、ビーチバレー対決を始めます」

コート脇で黒いビキニに薄手のパーカーを羽織った十条《じゅうじょう》さんが宣言した。その隙間が目に入ってしまい、慌てて目を逸らす。

「不愉快です。お兄ちゃん、生唾を飲む音がしていますよ」

不愉快です、って……。いつもとちょっと違うじゃん。

それにしても、さすがアミューズメントな無人島。ビーチバレー用のネットが用意されているとは……。などと感心していると。

「ねぇ、これじゃ本当に意味ないよぉ！」

「アタシもさすがにどうかと思うわ！」

ネットの向こう側で莉亜とユウがお互いを指差して喚いている。

気持ちは分かる。

ビーチバレーは2対2で行う競技だが、チーム分けが俺と舞音の『平河兄妹《きょうだい》チーム』と莉亜とユウの『人気者チーム』に分かれてしまったからだ。

せっかく2人の勝負だったのに、同じチームになったら意味がないということだろう。

「仕方ないことなのですよ。戦略バランス的に、引きこもりのマノンがこの中で明らかに一番弱いのですから、お兄ちゃんと組むしかありません」

「まのんが威張るの違うよねぇ!?」「マノンちゃんが威張るのは違うわよね!?」

「不可解です。息ぴったりじゃないですか。何が不満なのです？」

涼しい顔で答える舞音。分かってるくせに……。

それにしても、このチーム分けで安心している部分もある。

莉亜は言わずもがなだが、ユウも、水着姿はなかなかに刺激的だった。

ネットの向こう側であれば、対岸の火事という感じで多少冷静に見られるが、もし味方チームにいたら、そっちを見ないように神経をすり減らしてしまい、勝てるものも勝てなくなりそうだ。

その点、舞音は安心である。

「お兄ちゃんのその不可解に生温かい視線が大変不愉快なのですが……」

「なんでだよ」

安心出来る理由は、その体型じゃなくて、義理とはいえ一緒に暮らしてたことがある妹だから、だからな？

「そもそも、シンがこの中で1番強いっていうのは本当なわけ？　ガリ勉なんじゃないの？」

「俺の成績、オール10だぞ？」

「だから……？」

まったく、ユウは分かってない。

お勉強だけじゃ、完全学費免除の特待生にはなれないのだ。

体育や芸術系科目までを完璧にこなしてこそ、オール10を達成出来る。

内申点だって必要だ。だからこそ、俺は学園祭実行委員長なぞ引き受けたのだから。

といったことをかいつまんで説明すると、

「なんだろぉ、なんか、かっこよくない……」

と莉亜に言われる。は？

「別にかっこよくなくていい。かっこよく思われたくてオール10なわけじゃない。自分の目的のためにやってるだけだ」

「急に饒舌《じょうぜつ》になってますよ、お兄ちゃん」

「なってない。そういうこと言う方がなってるんだろ」

「お兄ちゃんが頑張っていたのは、マノンが見ていましたから」

舞音は俺の頭を撫《な》でる。そっか、俺、認められたかったんだ……！

「もう分かったわよ……。そろそろいいかしら？　勝負しましょう！」

バトル大好きっ子であるところのユウがサーブをする。

火蓋が切られた。

「お兄ちゃんは頑張りました」

「ああ、ありがとう……」

どんなにイキったとて、そこはチーム戦。

試合は平河兄妹チームのストレート負けだった。

「やったわ、リア！」

「だねだね、ユウちゃん！♡」

ゲームが進むうちに莉亜とユウの間に謎のチームワークが生まれたらしく、ハイタッチなどしている。

「それにしても、ユウちゃんすごい喜ぶんだねぇ？　１番が本当に好きなんだねぇ♡」

「当たり前じゃない！　ねえ、この場合ってどうなるの？」

微笑《ほほえ》ましそうに見る莉亜に答えながら、俺の方を見てくるユウ。

「シンが退場したら意味分かんないから、アタシとリアとシンの３人でデート継続って感じかしら？」

「不可解です、ユウさんは何を言っているのです？」

白々しくも、舞音が首をかしげる。

「何って？　何が分からないっていうのよ？」

「りぃも、ユウちゃんの言ってること、よく分からないよぉ？」

「は？　だって、この試合で勝った方が２択ゲームを継続するんじゃ……」

「不可解です。そのような【運命の選択】は出ていませんよ？」

「………………あっ」

そうなのだ。カジノでは行ったが、今回のビーチバレーにおいてはそれを行わなかった。

理由は簡単。舞音に勝ち目がなさすぎる。

舞音とは２人で話すタイミングを持った方がいいだろうしな。

「はあ……まあ、楽しかったからいいわ。ビーチバレーって何気に初めてやったしね！」

一瞬で納得し機嫌を直してくれるユウ。いいやつかよ。

「でも、そろそろ【運命の選択】出さなきゃいけないんじゃない？♡」

たしかに、時間が経《た》っているな。

「どうするかな……」

「じゃあ、呼び方縛りデートとかどぉかな？♡」

「何よそれ？」

「みんな、真一くんの呼び方を同じにするのぉ！♡　そぉだなぁ……『おにいちゃん』か『変態くん』の２択とかぁ！♡」

「不可解です、何ですか、その２択は……？」

莉亜は口をω《こんな形》にしている。何を企《たくら》んでいる……？

と思ったその時、俺を含む全員のスマートウォッチが通知音を鳴らす。まずった、時間切れだ。

ホログラムウィンドウを見ると、そこには。

＝＝＝

【運命の選択】

どっちの呼び方縛りのデートをする？

A：おにいちゃん

B：変態くん

＝＝＝

「こんな馬鹿げた【運命の選択】があんのかよ⁉」

「お兄ちゃんがちゃんと自分で発信しないまま時間切れにするからですよ……」

舞音が心底呆《あき》れたように呟《つぶや》いた。

「おにいちゃんって、アタシもそう呼ばないといけないの？　アタシ、タメなんだけど」

「だよねぇ？　やだよねぇ？♡」

……なるほど。莉亜の考えていることが分かった。

ユウは自分の信念に基づいた選択しかしないから、おそらくBを選ぶと踏んだんだろう。

だが、この2択なら俺がAを選ぶのはほぼ明白。……いや、かなりどんぐりの背比べって感じはするけど、それでも、まあ。

ただ、それだと舞音は排除出来ないけどな。

……と思って、開票に進む。すると。

＝＝＝

デート継続は真一様と同様に『A：おにいちゃん』を選んだ

渋谷ユウ　様

目黒莉亜　様

の　２　名様です。

＝＝＝

「え……？」

２つの誤算が生じていた。

１つ目は、ユウがAを選択していたこと。

ユウを見やると、

「別に？　呼び方なんて心底どうでもいいコトだもの。それなら、勝てる方を選ぶってだけよ、オニーチャン」

と、肩をすくめた。

「……ま、あんたの方が誕生日は早いしね」

そして、もう１つの誤算の方が大きかった。

「舞音、どうして……？」

「……お兄ちゃんが妹《マノン》以外に『おにいちゃん』って呼ばせたい変態さんだとは思いませ

んでした」

「うわ、両方言ってるじゃん……じゃなくて！　いや、この2択だったらAを選ぶだろ。

それくらい舞音にだって、」

「分かっていますよ、それくらい。でも……」

舞音が俺を恨めしそうな上目遣いで睨《にら》む。

「お兄ちゃんがマノン以外に『おにいちゃん』って呼ばれてるのを見るのは、嫌だったんです……！」

舞音が初めて見せた執着のようなものに、俺は驚いていた。

「りぃ的には、予想が1個当たって、1個外れたって感じぃ。ま、いっか♡」

横でほくそ笑んでウィンクする小悪魔の姿があった。

ということで、残った2人と一緒に過ごすことになる。

「おにいちゃん、見て！　あそこにゴムボートがあるわ！」

不意に出来た同学年の妹（仮）が指差す先、3人乗りのゴムボートが1つ、砂浜に乗り上げるように停《と》まっていた。

「ほんとだぁ、りぃ、おにーちゃんと一緒に乗りたいなぁ♡」

　もう一人の元アイドルの妹（仮）も同調する。

……なんだろう、この罪悪感は。背徳感とも言うかもしれない。脳裏に舞音の呆れた目がちらつく……。

　それにしても、３人乗りっていうのは、こういう状況になることを見透かしたみたいだな、と思って少し離れたところにいる十条さんの方を見ると、こくりと一度だけ頷《うなず》く。なるほど、先回りして設置してくれてたのか……。

「ちょうどいいわ。アタシ、欲求不満だったのよね」

「は？」「はぁ？」

　突然の暴露（？）に、俺と莉亜が同時に声をあげる。莉亜はディアスリーランドの控室の時みたいな素の声が出てしまっている。

「グァムの時も今日も、せっかく水着を着てるのに、浜でしか遊んでないでしょ？　海の中で遊びたい欲がおあずけ食らっちゃってるのよ」

「ああ、そういう……。いや、それならもっと他に言い方あるんじゃないか？」

「はあ？　なんでよ？」

「なんていうか、違う意味に聞こえるだろ……？」

「どういう意味に聞こえるっての？」

眉間に皺《しわ》を寄せるユウ。

「おにーちゃんは、ユウちゃんがえっちなこと考えてるって思ったんだよねぇ？♡」

「え、なんでいきなり……？　サイコーに怖いんだけど……」

ユウが胸を隠すように自分の身体《からだ》を抱く。なんだこの、不可抗力で墓穴《ぼけつ》を掘らされてる感じは。

「まあ、いいわ。シ……おにいちゃんが変態なのは知ってるから。体操服だけじゃなかったのね」

ユウはやれやれと、息を吐いてゴムボートを指差した。

「それにしても、アタシ、ゴムボートって乗ったことないのよ。早く初体験がしたいわ」

「さすがにわざとだろ⁉」

「やだぁ、ユウちゃん、大胆♡」

どうでもいい会話を終えて、俺たち３人はゴムボートに乗り込む。

「よいしょっと」

水着姿のユウが俺の股の間にすっぽりと収まる。

そして……。

「おにーちゃん、いつでも、りぃに背中預けていいからねぇ♡」

後ろから、莉亜の声が聞こえた。

あまりに刺激的なサンドイッチ状態に、頭がくらくらする。

油断すると、ビキニ姿のユウの背中が視界を埋め尽くす。

首と背中それぞれに紐《ひも》がついている水着だが、背中側の紐は固結びが1回されているだけだ。

首の紐がメインなんだろうな、と自分を納得させて視線を逸《そ》らした。じゃないと、人の水着のことばかり考えてしまう正真正銘の変態になってしまう。

それで反応し、反応を気取られてしまった日には、目も当てられない。

「じゃあ、行くわよ！」

水平線を眺め、素数を数えながら、何事も起きませんように、と漕《こ》ぎ出す。

しかし、この留学において何も起きない、なんてことはありえないのだろう。

沖の方まで行ったところで、ユウが「あーっ！」と声をあげた。

「おねーちゃん、どぉしたのぉ？」

「誰がおねーちゃんよ。そうじゃなくて、今、向こうの方に影が見えたわ！　ウミガメじゃないかしら⁉」

「ウミガメぇ？　ふぅん」

あまり興味のなさそうな莉亜をよそに、ユウは興奮した様子で、話を補足する。

「一回見たいと思ってたんだけど、前に沖縄に行った時、オプショナルツアーで2万円くらいするから払えなくてその時断念したのよね！　ラッキーだわ！」

「2万円！♡　見たぁい！♡」

「おい、2人とも……！」

体験を現金に換算した瞬間、莉亜も文字通り前のめりになる。ウミガメらしき影を追って、2人が身を乗り出した。

さて。ボートに乗っている、3分の2の人間が同じ方向に身を乗り出すとどうなるか。

「おいおいおいおい……！」

「うわぁぁ⁉」

「きゃんっ♡」

……当然転覆するのだ。

「大丈夫か⁉」

立ち泳ぎで2人の様子を見る。俺たちはライフジャケットを着用していない。

「大丈夫だよぉ♡　りぃ、泳ぐの得意だからぁ！」

莉亜はシンクロでもするかのように、そこでくるりと一回りして見せる。

「アタシも大丈夫よ。リアほどじゃないけど、泳ぎは別に苦手じゃないしね」

ユウはその場で立ち泳ぎをしているみたいだった。

「それにしても、あんた、心配しすぎじゃない？」

「いや、それは……」

その理由を濁そうかどうか迷っている間に、

「…………!?!?」

俺は、とんでもないことに気付いてしまい、バッと後ろを向く。

「どうしたのよ？　人と話す時は相手の目を見て話しなさいよ」

「……わぁ♡　おねーちゃん、えっち♡」

莉亜も気付いたらしくからかうような声を出す。そんな呑気《のんき》な……。

「は？　何よ……？　きゃっ!?」

気付いたらしいユウが自分の体を抱きしめる気配がする。

「………見た？」

「見えませんでした」

「見ようとしたみたいな言い方しないでよっ！」

なんと、ユウの水着（上）が転覆の衝撃で波にさらわれてしまっていた。

自分の体を抱きしめたまま、俺に背中を向けてユウが泳ぎ始める。

「おい、ユウ」

「何よっ⁉」

潤んだ瞳でこちらを見るユウは扇情的だが、それよりも事態はもう少し深刻だ。

「何よっていうか、どうするつもりなんだよ？　足ヒレ《フィン》もなく手も使えない状態で戻るにはさすがに浜は遠いだろ」

「そんなコト言ったって、それはっ……！」

反論を試みたユウだが、その結果、反論材料がないことに気が付いたらしい。

「………」

「……？」

言葉を失ったユウは押し黙ったまま伏し目がちに、こちらにすうー……と泳ぎ寄ってくる。

そして。

「……絶対にこっち見ないでよね」

俺の肩に片手を乗せる。

「み、見ないけど……！」

「むぅー……」

莉亜が恨めしそうな目でこちらを見ているが、ユウの判断は実際正しい。

人間の目は後ろに付いてないから、俺の背中にくっつくのが最も俺の視界から外れるのに都合がいい。莉亜には見られる可能性がなくもないが、女子同士だ。

それに俺が泳いで引っ張れば、あまり苦労せずに浜に戻れるだろう。

「じゃ、じゃあ、戻るか……。莉亜は自分で泳げるよな？　……って、おい⁉」

「ねぇ、おにーちゃん？♡」

さっきまでしかめ面を作っていた莉亜もまた、自分の胸元を隠して妖しい微笑《ほほえ》みを浮かべる。

そして、俺のすぐ横に泳いできて、囁《ささや》く。

「りぃも、水着、ウミガメさんに取ってかれちゃったみたい♡」

「いや、絶対自分でどこかに投げただろ⁉　ウミガメは自分から人間に近づいてこねえよ！」

そんで莉亜は、どうしていつもそういう戦略なんだよ⁉

結局、右肩を莉亜に、左肩をユウに貸して、俺はゆっくり平泳ぎをしていた。

転覆したゴムボートをもう一度ひっくり返すのはかなり困難そうだったので、転覆したまま持ってこようと思ったのだが、途中でさすがに負担が大きくなってしまい、途中の岩場に紐を引っ掛けといた。後で取りに来るなりなんなりしないとな……。

「リア、あんたって本当に常識外れだわ……。ああ、アタシに『常識』だなんて言葉を言わせたのはあんたが初めてよ……」

憔悴《しょうすい》したようにユウが呟《つぶや》く。

「ごめんねぇ……。りぃ、自分よりも目立ってる人がいるのって、どうしても許せなくって……」

「しおらしく言っても内容は普通にサイアクよ？」

「ええー、でもぉ、人を押《お》し退《の》けてでも前に出る覚悟がないと、芸能界ではやっていけなくなぁい？　……あ、おねーちゃんは YouTuber であって芸能人じゃないから分からないかぁ♡」

「はぁ？　そこにそんな大きな差なんかないでしょ？」

ピキピキ、と水音に紛れてユウの血管が切れるような音が聞こえた気がする。

「あぁー、一般の方《かた》からはそぉ見えるのかぁー。まぁ、経験してないと分からなくてもしようがないよねぇ♡　大丈夫だよぉ、それが普通だからぁ♡」

「一般……！　普通……！　あんた、アタシの嫌いな言葉ばかり……！」

俺は絞り出すように、一言だけ差し挟ませていただく。

「2人とも、大人しくしてもらってもいいか。置いてくぞ」

「はい、おにーちゃん♡」「ごめん、おにいちゃん……」

ユウ、つられてるぞ。


どうにか浜まで戻り陸に上がる。

「着いたぁ！　ありがとぉ、おにーちゃん♡」

「お、おう……」

俺の横で莉亜が御礼を言うのを、そちらを見ずに応じる。

だが、ユウが上がってくる気配がない。

振り返ると、波打ち際に、両腕で胸元を押さえながらうずくまったユウが頬《ほお》を染めて、潤んだ瞳で恨めしそうにこちらを睨《にら》んでいた。

「見ないでよ、バカ……！」

「す、すまん」

俺は慌てて【運命の選択】を発信する。

内容はもちろん、少しでも早く他の花嫁候補と合流して場を収拾してもらうために。

＝＝＝

【運命の選択】

　これからどうする？

　A：花嫁候補を復活させる

　B：このまま3人で過ごす

＝＝＝

「えぇー、おにーちゃんと2人になりたかったのにぃ！♡」

「リア、あんたが脱がなかったら良かったんだからね!?」

2人とも俺と同じAを選び、2周目は幕を閉じた。

ちなみに、数分後、復活の通知を見て現れた他の3人の反応はこうだ。

「真一、そんなに見たいならわたしのをいくらでも見せてあげるよ……？　わたしの方が莉亜ちゃんよりも大きいよ……？」

「お兄ちゃんはやっぱり最低の変態さんなのですね……」

「あはは、平河も大変だね」

うん、どうやら神田だけが俺の意思じゃないと分かってくれてる。

「神田、分かってくれてありがとう……」

「あはは、とんでもない。いやあ、それにしても、そんな体力がよくあるね。２人相手だなんて、たくましい」

「２人を引っ張って泳ぐ体力って意味だよな？」

第5章　Round3：炎上を利用した料理

＝＝＝

【運命の選択】

　夕飯はどこで何を食べる？

　A：海岸沿いでバーベキュー

　B：コテージでシーフードパスタ

＝＝＝

　夕暮れ時、運営の出した【運命の選択】は、そんなものだった。

「うぅーん……真一《しんいち》くんはどっちかなぁ……。ねぇ咲穂《さきほ》ちゃん、どっちか分かるぅ？」

「そんなの、知ってて当然な当たり前の常識……だよ？　教えないけどね？」

「不可解です。自信がなさそうですね、咲穂さん？」

「アタシ的には一択かしら！」

　他の4人が画面と睨《にら》めっこしている中、

「あはは、渋谷《しぶや》は相変わらずゴーイングマイウェイだね」

神田《かんだ》だけは女子同士の会話に参加しながらもこちらを見ていた。

「……？」

俺に話しかけてくるわけでもないので、なんだろうと見返していると、右手で鼻を触って、左手で耳を触って、微笑みつつ首をかしげてきた。

『Aを選んでほしい時には、右手で鼻を触って。Bを選んでほしい時は、左手で耳を触って』

なるほど。『どっちか教えてよ』ということか。

『教えないよ』という意味で、他の４人に気取られない程度に小さく首を振ると、秘密を愉《たの》しむようにこっそり笑う。

その妙に色っぽい微笑みは、相変わらず魅力的すぎてそら恐ろしい。

「不可解です。おふたりは何を……？」

「何って、何？」

「……いえ、なんでもありません」

怪訝《けげん》そうな顔をしながら、舞音《まのん》も自分の画面をタップして、どちらかを選択する。

やがて結果発表の時間になった。

＝＝＝

デート継続は真一様と同様に『A：海岸沿いでバーベキュー』を選んだ

神田玲央奈《れおな》　様

渋谷ユウ　様

平河《ひらかわ》舞音　様

目黒莉亜《めぐろりあ》　様

の 4 名様です。

＝＝＝

「わぁー、咲穂ちゃんだけ外れたぁ！　予想聞かなくて良かったぁ！♡」

「不可解です。咲穂さん、どうしたのです？」

莉亜は大袈裟《おおげさ》に胸を撫《な》で下ろし、舞音は怪訝そうな表情で咲穂を見る。

「あ、いや、うーんと……」

歯切れの悪い咲穂に、

「やっぱりサキホって、ホントはそこまでシンのコト知ってるわけでもないのね？」

ユウはさらっと煽《あお》るようなことを言う。

「……それは絶対にないよ？　わたしだって……」

「何よ？」

下唇を噛《か》んで、咲穂がユウを睨む。

「だ、だいたい、渋谷ちゃんの方が何も知らないよね？　真一がシーフードパスタが大好きなのも知らなかったでしょ？　知らないからバーベキューにしたんだよね？　それだけだよね？」

「別にアタシはバーベキューがしたかっただけだけど？」

「渋谷はずっとこうなんだよ。自分の我を通すって決めてるんだって」

ユウが腕組みをして答える横で、神田がフォローする。

「それよりも、不可解です。お兄ちゃんはシーフードパスタなんてお金のかかるものを食べないと思いますが？」

「そっか、舞音ちゃんも何も知らないんだね？　一緒に住んでた時期があるからもうちょっと骨があると思ったのに、残念だよ。あ、でも、そっかあ。あれは、舞音ちゃんは知らなくても仕方ないかあ」

俺の幼馴染《おさななじみ》が一人負けしてるくせに口振りだけはいっぱしのボスキャラみたいなこと

を言いながら、瞳を暗くしていく。

……スイッチが入ったな。

「そりゃ、真一が高価なものを自分から食べないことなんて、知ってて当然な当たり前の常識だよ？　真一はミニマリストでもあるし、倹約家でもあるからね？　真一の得意料理知ってる？『見切り品炒《いた》め』っていうんだけど、見切り品の野菜をスーパーで買ってきてそれを塩胡椒《こしよう》で炒めるの。それくらい節約上手《じようず》な人だから、そりゃシーフードパスタだなんて、コスパが高いとは言いづらいメニューは食べないって、普通はそう思うよね？でも、美味《おい》しい美味しくないとか好き嫌いっていうのは、そこじゃないんだよね。そもそも、味覚っていうのは、値段で決められるものじゃないと思うんだ。髪の毛の先から足の爪先まで完璧な真一でも抗《あらが》えない快感が、この世界にはあるって話だね。それが味覚。まあ、味覚以外にも、抗えない快楽をあげたいし共有したいなあってずっと思ってはいるんだけど、それはちゃんとわたしを真一が選んでくれた時に取っておくつもり。あ、ごめんごめん、ちょっとだけ話が脱線しちゃったね？」

「ねえねえシン、サキホが超喋《しやべ》ってるわ!!」

咲穂が話してる間、ユウが俺の袖を引っ張りつつ、興奮したように言ってくる。

「なんで目を輝かせてるんだよ……」

「だって、ここまで長くて怖いもの見たコトないもの！」

ブレないな、ユウは……。火をつけたのは自分だけどな。

「真一が初めてシーフードパスタを食べたのは、中3の修学旅行の時なんだよね。真一の修学旅行先は北海道だったんだけど、4泊5日もあったものだから、海鮮丼も札幌《さっぽろ》ラーメンもジンギスカンもザンギ定食もスープカレーも石狩鍋も、そういうものは全部食べ尽くしちゃったのね？　どれも美味しかったけど、真一は淡々と食べてたんだよね。そのクールな顔がそれはそれでかっこよかったんだけど」

「あれ？　平河って中学から男子校だから品川《しながわ》とは別の学校のはずじゃ……」

「玲央奈さん、あの人は品川咲穂さんなのですよ」

「ああ、なるほど。ついていったんだね」

納得しないでくれ。

「でもね、4日目のお昼ご飯でシーフードパスタ――あの時はペスカトーレだったね、あれを食べた時に、真一の目がいつもよりも0・02ミリメートル見開かれて、すっごく小さい声で『うまっ……』って言ったの！　修学旅行中それまで一言も何も喋らなかった真一がだよ？」

「4日間も一言も話さなかったのぉ⁉」

「不可解です。それのどこがそんなにおかしいことなのです？　普通のことなのですよ」

「うわぁ、似たもの兄妹《きょうだい》だねぇ……」

いや、今そこじゃないだろ？　どうやって俺のそんな微細な表情を見ていたかとか、どうやってそんなに小さい声を聞いたかとか気にならないのか？

「わたし、その姿があまりにも尊くて、涙がボロボロ出ちゃって……。お店で泣いてたら、店員さんに心配されちゃった。『お客さま、店内での双眼鏡のご使用は……』だなんてさ。目に合ってないのを使ってるって思われちゃったのかな？」

「いや、それは品川自身じゃなくて、品川が何かしでかさないかが心配だったんだろうね」

神田さん、珍しく真顔である。

「それ以来、シーフードパスタを作ってあげたいなと思ってるんだけど、パスタって時間が経《た》つと伸びちゃうでしょ？　真一の家のガスをなるべく使わないように、普段わたしは自分の家で作ってから持ってってあげてるから、そのせいでまだ食べさせてあげることが出来てないんだよね。家からガスコンロを持っていって作ってあげようと思ったこともあったんだけど、お水とかはどうしても使うことになっちゃうし……。ミネラルウォーターで茹《ゆ》でたりなんかしたら、それこそ真一に『もったいないだろ』って怒られちゃうから。

未来の配偶者的には、そういうところの金銭感覚みたいなものって、今のうちからちゃんと理解して擂《す》り合わせていくべきだと思ってるんだよね。あ、ごめんごめん。また脱線しちゃったね？　とにかく、わたしが真一のこと知らないなんてことあり得ないんだよ？　分かってくれたかな？」

「サキホがサイコーにヤバいってコトが分かったわ!!」

ユウはいつの間にか構えていたスマホカメラの録画を停止して明るい表情を咲かせる。

「あれ？　おかしいな、分かってくれてないみたいだね？　それともわたしの、」

「つまり品川は、平河の好きなメニューを知ってるからこそ、そっちを選んじゃったってことだね」

神田がとりなすようにぽんぽんと咲穂の肩を叩《たた》くが、咲穂は「ん……？」みたいな視線を一瞬だけ神田に向けてから、顔を戻す。

「それともわたしの真一への愛がやばいってことが分かったっていう意味かな？」

「あ、止まらないんだ」

「たしかにやばいって思う人もいるのかもしれないけど、わたしからしたら、真一を見てそうならない人の方がやばいと思っちゃうな、どうかしてるって思っちゃうな。だって、……」

「まだ話し続けてるね……!?」

依然勢いの衰えないどころか、わなわなと手首を震わせながら繰り出される咲穂のトークに、神田が珍しく素っぽいツッコミを入れる。

「咲穂、もう大丈夫だ、分かったから」

俺は彼女の両肩を正面からそっと押さえる。と、長文の早口がピタッと止まった。

「お、止まった」

そして、ゆっくりと咲穂は首をかしげる。

「……真一、何を分かってくれたの？」

「全部だ」

「うわぁ、そんなテキトーな答えでいけるのかなぁ……？」

莉亜が心配（？）してくれる中、

「全部かあ、良かった」

と咲穂は微笑《ほほえ》む。

「いいんだ……。咲穂ちゃんと真一くんの謎の絆《きずな》、怖いなぁ……」

「本当に怖いね、色んな意味で」

莉亜と神田の意味深な会話と同時、咲穂が「はぅ、痛いっ……！」と妙な声をあげながら俺から離れていった。ビリビリが流れてしまったらしい。

いや、もしかして、ビリビリが流れてるのに気付かずにずっと話してたんじゃ……？

もしかして、手首が震えてたのって、電流のせい？

残った4人と一緒にバーベキュー場に移動して、俺はまず火を熾《おこ》すべく、炭を組み上げて、着火剤に火をつける。

着火剤から炭に火が移って定着するのを待つ間に、ステーキ肉に切れ目を入れて塩胡椒とスパイスを振って、味を馴染《なじ》ませる。

肉に塩胡椒が馴染むのを待つ間に玉ねぎやらナスやらの野菜をカットして適当な大きさにする。

そこまでやって、一段落。ふう……と息をつく。

……そして、やっと気付いた。

「なんで誰も動こうとしない⁉」

俺がいそいそと準備を行っている間。

ユウは「アタシ、自分でも知らなかったけど、火が好きみたい！　なんかテンション上がるわ！」とか、ちょっと怖いこと言いながらバーベキューコンロを撮影しているし。

莉亜は「わぁ！♡　頑張れぇ！　料理できる男の子ってかっこいい♡」とか、近くの椅子に座って俺をおだててるだけだし。

神田は「あはは、ドラマの役で家族みんなでキャンプっていうのはやったことあるんだけどね。あれ、実際は演者じゃなくて小道具さんや大道具さんが準備してくれるから」などと、いかにも女優な発言をしてるし。

舞音は「不可解です。どうしてわざわざ外でご飯を作って食べる必要があるのです？」とか首をかしげてるし。

舞音に至っては、じゃあなんでこっちを選んだんだよって話になるからな？

いつも1人でいるのが当然すぎてみんなが何もしないことをなんとも思わなかったが、よく考えたら、こんなの、みんなで協力して仕事を早く進めるべきだろ。

「それにしても、平河がこういうの出来るとは意外だね。1人でバーベキューって行くことあるの？」

「まあな」

「1人バーベキュー!?　っていうか、1人って決めつけられてるのは別にいいんだぁ？」

莉亜のツッコミは聞き流す。むしろ褒め言葉だ。

炭バサミを使って火の様子を見ながら、俺は答えた。

「一度、正真正銘の自活をしようとしたらどうなるのかと思って試したことがあるんだ」

「ありましたね、そんなこと」

舞音が呆《あき》れたように声を出す。

「へえ、どこでやったの？　アタシ、こういうのってやったコトなくて。焚《た》き火《び》とか、キャンプとか？　1人で出来るところがあるなら撮影とかしたいから教えてほしいわ」

「どこにも行ってないな」

「どういうコト？」

ユウが顔をしかめる。

「お兄ちゃんはうちの庭で突然バーベキューを始めたのです」

「忘れてたわ。実家は豪邸なのよね、シンって……」

ユウが肩をすくめる。

「うちの両親は元々キャンプ好きだったんだ。父親がまだ……」

そこまで口にして、言い直す。

「……母親がまだ生きてた頃は、連れていってくれたこともあるよ。それこそ、近所の仲のいい家族と行ったこともある」

「今の真之助《しんのすけ》お父さんからは想像もつきませんね……」

舞音がそっと差し挟んだ。

「まあ、とにかく、それでうちの倉庫にキャンプ道具があるのは知ってたんだ。なるべく自分の力で生きていくなら、こういうものの使い方も知っておかないといけないんじゃないかって思ってな。……よし、火がついた」

「それ以来、たまに神妙な顔をして庭でお肉とか野菜を焼いてました」

「えぇー、なんか真一くん可愛《かわい》い♡」

莉亜がきゅるん、と手を組んで明るい声を出す。

「お兄ちゃんにもついにご趣味が出来たですか……と思ったものでしたが、ある日パタリとやらなくなってしまいました。……あれ、どうしてなのです？」

「炭を使い切ったからだ」

「はい……？」

当然の答えを返すと、舞音は顔をしかめた。

「炭って最小ロットが結構多くてな。１人だと何回もやらないと使いきれなかったんだよ。最初に買った分を使い切ったからもうやらなくなったってだけだよ。だから別に神妙な顔をしてたわけじゃなくて、早く使い切りたいなって思ってただけだ」

「えぇー全然可愛くなぁい……」

「可愛くなくて結構」

さて。

このまま俺が１人で全員分の料理を作っていくのを４人にただ眺められているのも時間効率が悪い。

なるほど、だから人は協力するのか、という気持ちと、この状況ならやっぱり元々１人の方が、『やってくれるかも』とかいう期待をしないで済む分、精神的な効率はいいよな、という気持ちが両方芽生えてくる。

まあ、せっかくの留学だ。今は協力してもらう方を選ぼう。

「料理が出来る人は俺と一緒に調理、出来ない人は何か別のことをしてもらおう。この中で、基本的な料理が出来る人は？」

その俺の質問に。

「はぁい♡　やったことないけどぉ♡　りぃ、真一くんと一緒に料理したぁい！」

「まあ、やってやれないコトはないんじゃないかしら？」

「料理が出来る子供の役ならやったことがあるよ」

「マノン、タイピングをよくするので、指先は結構器用なのですよ」

……ダメだ、全然参考にならない。何か試験になるようなものがないと……。

「あー……じゃあ、『料理のさしすせそ』って言えるか？」

「もちろん！♡」

莉亜が手を挙げてから、俺の右腕にぴとっと身体《からだ》を密着させる。

「さすが！♡　しらなかったぁ♡　すっごぉい！♡　せ……せ……？　あ、せうゆ！　みそ！」

「前半『合コンのさしすせそ』なんだが？」

「不可解です。難題とされる「せ」「そ」を正解してるのはどうしてなんです……？」

「えぇー？　だってぇー」

平河兄妹のツッコミに、莉亜はあざとい声で答える。

「クイズ番組でちゃんと間違えないといけないからぁ♡」

「ああ、そういう……」

つまり、それって……。

「全問不正解するためには、全問正解出来る知識が必要ってこと♡」

いや、怖いよ……。

「じゃあ、もしかして、普通にも全部言えるのか？」

「もちろん！　さとう、しお、お酢《す》だよぉ？♡」

「うわあ……」

じゃあ初めから言えよ……。

「あ、ちなみに、合コンの『せ』は『センスある♡』で、『そ』は『そうなんだ♡』だよぉ♡」

「そうなんだ……」

「わぁ、もう使いこなしてるぅ！♡　さすが真一くん！♡　すっごぉい！♡　センスあるねぇ♡　しらなかったぁ！♡」

俺は自分でも分かってしまうほどの引き攣《つ》り笑いを浮かべてしまう。ていうか、最後の『しらなかった』はそれでいいのか？

「あはは、アイドルは怖いね」

「そんなコト言って、レオナもそういうところあるわよね？　顔色ひとつ変えずにウソつくっていうか」

「え、なんのこと？　嘘《うそ》なんかついたことないけどな、あたし」

「そういうところじゃないですかね、玲央奈さん」

　結果として、一応料理のさしすせそを知っていたらしい莉亜と舞音には包丁で肉や野菜を切るのを手伝ってもらい、火が好きだと豪語するユウと神田にはバーベキューコンロで焼く係をお願いすることにした。

「それじゃあ、何を焼こうかしら？　アタシ、普段は食べられないようなモノを焼いて食べてみたいわ！」

「普段食べられないようなものってなぁに？」

「んー、カエルとか？　なんか、食べる国もあるっていうじゃない？」

「ひぃっ⁉」

　ほど近くで声がしてそちらを見ると、そこには十条《じゅうじょう》さんがいた。

「十条さん、そこにいたのぉ⁉」

「ええ、先ほどからずっとこちらにおりますよ？」

「不可解です。気配を完全に消すことが出来るのですね……？」

「これまでも、皆様が気付いていらっしゃらないだけで、ずっと近くにはおりますが」

　船の上での縮地といい、忍者じみた人だな……。

「涼しい顔で答えてますけど、さっきの声って十条さんのですか？」

神田が意地悪な微笑《ほほえ》みを浮かべて十条さんを問い詰める。

「なんのことでしょうか」

涼しい顔の十条さん。

「へえ？　まあいいか。渋谷、話を続けて。他には何を焼きたい？」

意地悪だな、神田。

「うーん、あとは何かしら……。あ、ヘビとか？」

「ひっ……」

「なんか鰻《うなぎ》の蒲焼《かばや》きみたいになりそうで意外といけそうじゃない？」

「ひえぇ……」

これ以上は気の毒だ。

「あの、十条さん、ちょっと向こうで休んでいたらどうでしょうか……？」

と、そんなことを言いながら一瞬目を離した隙に。

「痛っ……！」

か細い声がしてそちらを見ると、舞音が自分の指を咥《くわ》えていた。

「切ったのか？」

「ええ、少しだけ……」

舞音は少し唾液の残った人差し指をこちらに見せてくる。切り傷から少しずつ血が滲《にじ》んできていた。

「まのん。バイ菌入ったら大変だよ、すぐに水で流して」

そう言って舞音の腕を掴《つか》んで水の流れる蛇口の下に導いたのは、

「じ、自分で出来ますよ」

「いぃから」

なんと、莉亜だった。

莉亜は空いた方の手で、そっと舞音の頭を撫《な》でる。

「痛かった？　大丈夫？」

「だ、大丈夫……ですけど……？」

同い年の、しかもあの目黒莉亜が自分の頭を撫でている事実に混乱した様子の舞音。

「はい、これ、綺麗《きれい》なタオルだから」

莉亜はポケットから小さなタオルを取り出すと、それを洗い終わった傷口にきゅっと結ぶ。

「これで、自分の心臓よりも上に手をあげて、ここに座ってて？」

「す、すみません……」

「いいんだよぉ、これはお姉ちゃんの仕事だからねぇ」

「お姉ちゃん……ですか？」

「え？」

莉亜がその一言で我に返ったようになって、

「……なんでもなぁい♡」

ごまかすように笑う。

その様子を見ながら、俺は、ディアスリーで聞いたことを思い出していた。

『あんまり重く受け取らないでほしいんだけどぉ……りぃには、父親がいないんだぁ』

『で、ママと妹の彩芽《あやめ》ちゃんとの３人暮らしなのね？』

働きに出ている母親と莉亜の代わりに、妹が食事を用意するなどの家事を行っていたのかもしれない。そして、そんな妹が傷を作った時に絆創膏を貼るのは、母親や莉亜の役目だったのだろう。

これまで見たことのなかった莉亜の一面に驚き感心していると。

「きゃぁ！　すごいわ！　火柱！」

「いや、焦げる焦げる焦げる！　ていうか焦げてる！」

……いつの間にか、ユウがステーキ肉を炭の塊にしていた。

「ねえ、悪かったってば」

「別に怒ってないよ」

「ウソよ。当てつけみたいに食べなくてもいいじゃない。美味《おい》しくないでしょ？」

俺の左隣に座ったユウが、気遣わしげに俺を見ている。真っ黒に焦げたステーキ肉（だったもの）を食べる俺のことを。

「別に当てつけなんかじゃない。単純にもったいないだけだよ。俺が買ったわけじゃないから値段は分からないけど、ステーキ肉に安いものなんかないんだから。それにユウに焼き場を任せた俺の責任でもあるし」

他人がしたことだって、全部、自分に責任があると思って生きていくことは、人脈ミニマリストたる俺の信条だ。

「ユウちゃん、さすが YouTuber ♡　炎上させるのが得意なんだね♡」

「あんたね……」

ぐぬぬ……とユウは歯噛《はが》みした後、

「もう、分かったわよ！　アタシも食べるわ」

俺の皿の黒い塊の端っこをフォークで刺してユウが口に運ぶ。

「苦ぁっ……！」

んべ、と舌を出すユウ。反射的に違う方を向く。

と、神田がニヤニヤしている。

「平河は、女の子のベロに弱いんだ？」

いや、何も言ってないんですけど？

再度視線を逃した先では、舞音がじっと俺を見ていた。

「……変態さんですね、お兄ちゃんは」

「いや、違うよ？」

いや、舌には弱いけど、変態じゃないよ？　きっと男子全体的にそうだよ？　お兄ちゃん友達いないから統計取れてないけど……。

「それより、舞音。傷、大丈夫か？」

「ええ、もう十分に、……」

と言いかけた舞音は、

「いえ、ダメなのです。全然ダメなのです。フォークも持てません」

とか言いながら、今の今まで持っていたフォークをカラン、と取り落とし、小さな口をこちらに向けて開けてくる。

「……食べさせろって言ってる？」

「怪我《けが》をした妹にご飯を食べさせてあげるのは、古来より、兄として当然の務めかと思いますが」

「はあ……」

この議論を続けていても何も進まない。であれば早いうちに諦めて従う方が効率的だ、と俺はフォークを持ち上げる。

「とはいえ俺の皿にはこれしかないんだけど。このステーキ肉だったものでいいのか？」

「はい、結構です」

いいんだ。意外。

「ずるぅい！　もぉ、まのんの傷、血は止まってるのにぃ！」

莉亜はそう言って先ほど自分で巻いてやっていたタオルを取る。

すると、傷は血が止まっているようだ。元々深くは切っていなかったみたいで、ほっと胸を撫で下ろす。良かった。

「ねぇねぇ真一くん！　りぃにもあーんしてよぉ！」

「ダメですよ、莉亜さん。お兄ちゃんは莉亜さんのお兄ちゃんではないのですから。あーんは、兄の務めであって、ただの友達の務めではないのですよ」

「じゃあ、りぃもお兄ちゃん欲しい！」

「2人、さっきまで仲良くしてなかった……？」

ていうかさっきまでのお姉ちゃんモードの莉亜はどちらへ？

食事を終えた頃、俺のスマートウォッチが【運命の選択】を催促するアラートを鳴らす。

俺としても、そろそろ人数を絞りたいところだ。

スマートウォッチを操作すると、『花火』『人狼《じんろう》ゲーム』『天体観測』……などなど、これからの過ごし方の選択肢に入れるための選択肢（ややこしい）が出てくる。

そこから俺はこんな【運命の選択】を出した。

＝＝＝

【運命の選択】
これから何をして過ごす？
A：テントサウナ
B：焚《た》き火《び》

＝＝＝

「わぁ、簡単だぁ♡」

「不可解です。マノンの傷は完全に治っているのですよ？　入《はい》れます」

「うーん、良い選択肢ね！」

「味をしめたね、平河？」

そう言いながら、それぞれが選択をする。その結果は。

＝＝＝

デート継続は真一様と同様に『Ｂ：焚き火』を選んだ

　渋谷ユウ　様

の　１　名様です。

＝＝＝

「えぇー！　どぉして？　一緒に入ろぉよ、テントサウナ！　ねぇ！」

莉亜が俺の腕を掴んでブンブン振る。いつもの甘える顔じゃない。必死なサウナーの目をしている。

「いや、俺が選ばなくても入れるんだから楽しんでこいよ」

「真一くんと入りたいんですけどぉ⁉」

なんだそのツッコミ。

「大事なことを見落としてるぞ、莉亜」

「なぁに……？」

「俺はまだ童貞くんだ」

俺が女子と一緒にサウナに入るような選択肢を自分から選べるはずなんかないのだ。

「もぉ！　じゃぁ早く卒業してよぉ！」

さらに俺の腕をもぐ勢いで振る莉亜。いや、何言ってんの？

「なるほど、平河がサウナ好きだって知ってる3人を誘導するための罠《わな》の選択肢だったたってことか。よく考えたら見え透いた罠だったのに、まんまと引っ掛かっちゃった」

悔しそうに下唇を嚙む神田。

「不可解です。そこまでしてユウさんと2人になりたかったのですか？……マノンを同じやり方で選んではくれないのですか？」

「悪いな、ユウに聞いておかないといけないことがあるんだ」

俺がそう答えると、舞音は俯《うつむ》く。

「……お兄ちゃんはいつもそうやって1人で決めて、マノンのいないところに行ってしまうのですね」

「舞音？」

いつもと違う落ち込んだトーンに、多少戸惑う。

「……せめて、頭を撫《な》でるくらいの甲斐性《かいしょう》を見せてはいかがでしょうか」

「え？」

「ほら、妹の頭がここにあるですよ。しょんぼりしている妹の頭を撫でるのは古来より兄の務めかと思いますが？」

おら、おら、と頭を近づけてくる舞音。

「シン」

その圧に俺が手を持ち上げかけたその時、ユウがその手を取る。

「行くわよ？」

「本物の泥棒猫さんですね……！」

「ごめんね、マノンちゃん」

キッと睨《にら》む舞音に対して、ユウはちろっと舌を出した。

「アタシ、ここが人生の勝負どころなのよ」

焚き火の前、２人用の折り畳みベンチに座る。

「火を見てるだけでも意外と飽きないものね？」

「……だな」

ユウはいつになくしっとりとした雰囲気で、俺の腕にぴとっとくっついている。

普段のユウとのギャップを感じて、ドキドキしてしまう自分がいた。

俺は首を振って自分を諌《いさ》め、焚き火にくべるための薪《まき》をコンパクトなノコギリでギコギコしていると、

「ちょっと、アタシにもやらせて」

とユウが手を差し出してくる。

「はい、どうぞ」

「ありがと！　へー、楽しいわね、これ」

ユウはひとしきり薪を切る作業をしてから、

「……あんたも、アタシはさすが炎上させるのが得意とか思ってないでしょうね？」

とジト目で見てくる。

「思ってねえよそんなこと……」

「ふーん、ならいいけど」

そう言って、ノコギリを置いて、切った薪を焚き火にくべた。

「……ユウ、そろそろ聞かせてもらってもいいか？」

「何を？」

「不可解な行動の理由を、だよ」

「不可解？　何が？」

ユウはぽかんと首をかしげる。

「ほら、なんというか……昨日今日と、ハグしたり手繋《つな》いできたり。シーズン１の時には、そういうのしてこなかったじゃんか」

「ああ、そういうコトね」

ユウはふふ、と微笑《ほほえ》んだ。

「アタシね、確かめようと思ったの」

「確かめる？」

こくり、と頷《うなず》きが返ってくる。

「グァムで、リアがシンにくっついてたじゃない？　ほら、シンがリアにキスした時」

「キスしたわけじゃないけどな？」

呼ばれて顔を向けた先に莉亜の頬《ほお》があったのだ。事実関係、大事。

俺の弁解を無視してユウは話を続ける。

「ああいうのって、動画的に超盛り上がるシーンだと思うわけ。予告編を作るコトになったら、絶対に入れた方がいいし、なんなら『唇にしなさいよ！』って怒ってもいいくらいだと思うのよ。……本来ならね」

そこで一息入れて、ユウは言う。

「なのに、アタシ、すっごくイヤだったの」

「嫌……か」

ユウの言わんとすることが段々分かってくる。分かってきたからこそ、その事実に驚いていた。

「何この感情ってなったわ。意味不明すぎるわよ。だって、シーズン1のルール説明前のドリンクパーティの時は、リアとサキホがシンを挟んで睨み合ってるのを撮りながら『もっとやりなさい』って思ってたのよ？　どうして状況が変わっていないのに、感じるコトが変わるわけ？　そんなの、そんなの……」

そこまで言うとユウは、認めたくないような、だけど発芽したその感情を愛《め》でるような、複雑な表情で、

「アタシが変わったとしか思えないじゃない？」

と口にする。

「それで、ライブラリで色々調べたわ。すぐに答えは出たわよ。それはヤキモチっていう感情だって。ヤキモチを焼くってコトは、つまり……そういうコトだって。……だったら、本当にそうなのかを確かめる必要があると思ったの」

「それであの妙なスキンシップを……」

俺は頬をかく。

「シンはどう思った？　アタシに抱きつかれたり、手を繋いだりして」

「俺は、別に……」

「何も……感じなかった？」

不安げに瞳を揺らして俺の顔を覗《のぞ》き込むユウ。

焚き火の灯《あか》りに照らされて、妙に大人っぽい雰囲気だ。

彼女の生き様を俺は可愛《かわい》いと思うし、かっこいいと思う。

だとしても、彼女を選び切れるか分からない以上、不用意な言葉は枷《かせ》となるだけだ。

「……ああ、何も」

「……そう」

残念そうに笑うユウ。そんな顔しないでくれ、と思うものの、撤回する言葉を、権利を、俺は持ち合わせていない。

「じゃあ、これはどう？」

ユウは隣から俺をぎゅっと抱きしめて、

「……ん」

「………！」

俺の頬にそっと唇をつける。

「これでも、何も感じない？」

感じてしまうこと、思ってしまうことは罪に問われないのかもしれない。

だが、ここで彼女の気持ちを安易に受け入れてしまうのは、きっと、罪になる。

「…………ああ」

「ふうん。ま、あんたのそういうところを……そう思っちゃったのかもね」

ユウは俺から少し身体《からだ》を離して、こちらに向き直る。

「アタシ、普通って大嫌いなのよ」

「ああ、そうだよな。……なんの話だ？」

「普通なコトなんて言いたくないし、したくないの。でも、『これ』ってそれこそ世界中のみんながするくらい普通のコトでしょ？　もう、サイアクの気分だわ」

彼女は言葉とは裏腹に、優しく微笑む。

「でもね、たった一回だけ、その言葉を口にしてあげる。シンのためだけにね。ちゃんと聞いてなさいよ？」

ユウはそう言いながら、顔を赤くして、そっと俺に抱きついてくる。

俺の肩に顎を乗せて、うっとりとした声音で、彼女はささやいた。

「あなたのことが大好きよ、シン」

第5章（裏）　どうかしている2人

暑いです。熱いです。猛暑です。灼熱《しゃくねつ》です。

「うはぁ、効くぅ……」

隣では莉亜《りあ》さんがおじさんみたいなことを言いながら目をつぶっています。でも健康的な肌に浮かぶ玉のような汗が、つぅー……っと豊かな胸の谷間へと滑り落ちていく様は同性から見てもいやらしいです。ああ、いやらしい。

不可解です。莉亜さんとマノンは同い年なのに、どうしてこんなに差がつくのでしょうか。差をつけることに生物学的に何か意味があるというのでしょうか。

いや、マノンだって胸を張ればちょっとくらい……と頑張ってみますが、現実が浮き彫りになるばかりです。

徒競走のゴール地点のカメラみたいに横から撮影されているところを想像して、とりあえず椅子に浅く座ってみることにしました。はい、これでゴール地点は一緒です。

……マノンは何を意地になってるのでしょうか。

玲央奈《れおな》さんもいてくれたら、もう少しくらいはバランスが良かったと思うのですが。

テントサウナには結局マノンと莉亜さんの2人で入っていました。

更衣室代わりのテントで水着にまた着替えてテントサウナのある庭のようなところに出ると、服を着たままの玲央奈さんが「あたし、ちょっと出掛けてくるね」と言い放ったのです。

「不可解です。玲央奈さんは先ほどの【運命の選択】でテントサウナを選んだはずでは？　選択肢通りでなくてもいいのですか……？」

とマノンが尋ねると。

「あはは、あたしと品川《しながわ》が2人でビーチフラッグをしたと思う？」

「たしかに……」

そういう意味では、マノンだって負けた時も、1人で『変態くん呼び縛りデート』をしていたわけではありません。

正論を言われて「だったら……」と更衣室に戻ろうとするマノンの背中を、甘い香りと柔らかい弾力が押してきます。

「ほらぁ、早く入るよぉ、まのん！♡」

「ちょっと待ってください莉亜さん、入らなくていいならマノンも別にサウナに興味があるわけでは……」

「ダメ、聞こえなぁーい♡」

「あはは、行ってらっしゃーい」

それがつい10分ほど前のこと。

……なはずなのですが、遠い昔のことのように感じます。

ここは時間の流れが限りなく遅いテントのようです。不可解です。何が楽しいのですか、この灼熱地獄……。

くらくらしてきたその時。

「ひゃんっ⁉」

胸元に電撃が走ります。

「あ、声かわいい♡」

見やると、莉亜さんが突然マノンの左胸を触ってきたのです。……⁉

「ふ、ふふ、ふかかかかいです！　莉亜さんには節操というものがないのですか⁉」

「えぇーだめぇ？♡」

妖しい目で首をかしげる莉亜さん。

「だ、だだだめというか、その……！」

「なんちゃってぇ♡」

莉亜さんは、にへらぁ、と笑いました。

「まのんなら全然食べちゃえるけど、今のはそういうんじゃなくて、まのんの心拍数を計ったんだよぉ？」

「……え？」

前提にちょっと重大な情報が入っていた気がしますが、もう頭が回りません。目は回ります。ぐるぐる。

「ＢＰＭ１４０超えてるからそろそろ出よっかぁ♡」

「ぴーぴーえむ……？」

「はい、立って。ゆっくりね？」

莉亜さんはマノンの手をとって、マノンをゆっくり立ち上がらせます。

テントの外に出ると、晩夏の涼しい風がマノンの身体を包みました。

ああ、この解放感、気持ちがいい……！

「ふはぁ……。なるほど、これが『ととのう』ということ、なの、ですね……」

「違うよぉ？♡」

「これからが、本番♡」

莉亜さんが指差した先には。

「井戸水を溜《た》めた水風呂だよぉ？♡」

「……………え」

水風呂なんて、そんなものには……心臓発作を起こして死んだらどうするのです？　いや、でも、火照《ほて》った身体が求めてるような気も……？

「ようこそ、サウナ沼へ♡」

次の瞬間、莉亜さんに水風呂に引き摺《ず》り込まれていました。

ゾワワワワ……と水の中で全身に鳥肌が立っていきます。それと同時、一度熱に溶かされた意識が再度覚醒してシャキッと、空に向かって伸びる氷柱《つらら》のように立ち上がっていくような感覚が走っていきました。

「り、莉亜さん、これ、大丈夫なやつですか……⁉」

「大丈夫大丈夫ぅ……。あぁ……水風呂がキンキンに冷えてやがるぜぇ……♡　あ、あと10秒耐えてね♡」

「ええ……！」

結局10秒どころではなく1分くらい肩を押さえられて浸《つ》かった後に、外に出て、デッキチェアに寝そべることが出来ました。

あまりに過酷な環境の変化から逃れて、やっと落ち着ける、と目を閉じていると、ふわぁ……っと世界がマノンを中心に回り始めて、地球と同化して、どうかして、ああ、どうかしてます……。

……結局、まんまと『ととのう』を分からされてしまった後。

2回目の外気浴の最中、莉亜さんが質問してきます。

「まのん、傷、痛くない？」

「……おかげさまで」

「えへへ、じゃぁ良かったぁ」

はにかむ莉亜さんに、マノンも質問をしてみました。

「どうして、玲央奈さんは見逃したのに、マノンは行かせてくれなかったのですか？」

「いかせてほしかったぁ？」

……失言です、なんだかいやらしい言葉みたいです。

「……まぁ、今は感謝してますけど」

思ったよりは悪くなかったです。

「真一《しんいち》くんが好きなんだもん。そりゃあ、まのんも好きだよねぇ」

「不可解です。マノンとお兄ちゃんは、血の繋《つな》がった兄妹《きょうだい》ではないのですよ？」

「知ってるよぉ？　……まぁ、そこらへんを聞いてみたかったからかなぁ」

「はい？」

首をかしげていると、隣のデッキチェアの莉亜さんが寝返りを打つみたいにこちらを向いてきました。

「さっきの『なんでまのんだけを引き留めたの？』って質問の答え。まのんが真一くんのことをどう思ってるのか、聞いてみたかったんだぁ」

「お兄ちゃんのこと、ですか……？」

「うん」

そこで一息置いてから。莉亜さんは尋ねてきます。

「ねぇ、まのんは、真一くんのこと、好き？」

「いえ、好きとかではないのですが……」

自分でもちょっと煮え切らない声音になっているのを感じます。ただ、マノンがここに来たのはお兄ちゃんに恋をしているからではなく……。

「じゃぁさ、まのん」

巡る思考を遮るみたいに、莉亜さんは言います。

「真一くん、りぃにくれない？」

「……あげませんよ、絶対に」

思ったよりも鋭くなった自分の声音に自分で驚きながら、それでもなるべく毅然《きぜん》と答えました。

「やっぱダメかぁ」

莉亜さんは再び空を見上げる姿勢に戻ります。

「じゃぁさぁ、まのんはお兄ちゃんの真一くんと、夫の真一くん、どっちがいいの？」

「不可解です。そこに何か違いがありますか？　どちらも家族ですよ」

「全然違うよぉ？」

「……マノンには、分かりません」

「ふぅん」

納得していないような莉亜さんの相槌《あいづち》に、マノンは目を閉じます。

「今日、『おにいちゃんデート』か『変態くんデート』の時、まのん、おにいちゃんデートを選ばなかったでしょ？　『お兄ちゃん』にすっごいこだわりがあるんだなぁって思ってさぁ」

「……知りません。敵に情報を提供するほどマノンは愚かではないのですよ」

黙秘権を行使です。

「……敵かぁ」

少し寂しそうな声が聞こえます。

「真一くんと結婚したら、まのん、りぃの義妹《いもうと》になるから、それも楽しそうだと思ったんだけどなぁ」

そんな妙な妄想を聞き流しながら、

「……まあ、それも悪くはないですが」

ごくごく小さな声でマノンの口からこぼれた言葉。

「えっ？」

「なんでもありません、話しかけないでください」

「え、今りぃの妹になりたいって言ったよねぇ？♡」

地獄耳の小悪魔さんは追及してきます。

「不可解です。マノンがそんなことを言うはずがないのですよ。どうかしてるんじゃないですか？」

「えぇー、もっかい言ってよぉー♡」

「何も言ってないと言っているでしょう」

「ちぇー。いいもん、りぃの心の中に残ってるもん♡　りぃ、一度聞いたことは忘れない系アイドルだもん♡」

なんですかそれ……。

と、そこで、ふと、心底どうでもいいことがなんとなく気になって尋ねてみます。

「そういえば、莉亜さんの誕生日っていつなのです？」

「えぇー知らないのぉ？　wikipedia に載ってるよぉ？　10月11日！」

「え」

「え？」

マノンの反応に、ごくり、と莉亜さんが唾を飲み込む音がします。

「……まのんは？」

「…………9月4日です」

「…………へえ、まのんの方がお姉ちゃんなんだぁ……」

「ですね……」

2人のなんとも言えない呟きが無人島の夜空に溶けていきました。

第６章　Round4：花火と火花

ユウに聞きたかったことが聞けて、……というか聞きたかったこと以上のことを言ってもらった俺は【運命の選択】で２人の時間を終える提案をする。

＝＝＝

【運命の選択】

　これからどうする？

　Ａ：花嫁候補を復活させる

　Ｂ：このまま２人で過ごす

＝＝＝

神田《かんだ》との１on１を終えた時と同じ質問。
『どうせリセットされるなら、せめて、同じ意見にしたかったんだよ』
神田はＡと答えた質問に、ユウは『Ｂ：このまま２人で過ごす』と答えたらしい。

＝＝＝

真一《しんいち》様と同様に『A：花嫁候補を復活させる』を選んだ方はいませんでした。

＝＝＝

「Bを選ぶんだな？」

「もちろんよ。無理だって分かってても、無意味だって分かってても、アタシはアタシの思った方を選ぶわよ？」

片目をつぶって、肩をすくめるユウ。

「アタシの生き様は、そんなコトじゃブレないの」

かくして、再度、花嫁候補5人に南島の吊り橋《つばし》の近くに集合してもらった。

「不可解です……世界が綺麗《きれい》です……」

「大丈夫ぅ？♡」

テントサウナの方から舞音《まのん》と莉亜《りあ》がやってくる。そうか、舞音も目覚めたか……（理解が早い）。

別の方角から、

「やっほー、平河《ひらかわ》」

「真一、久しぶり……！」

神田と咲穂《さきほ》が現れた。

「あれ？　神田はテントサウナ入らなかったのか？」

「あはは、自分以外もみんなサウナが好きだと思ってるの、サウナーの悪い癖だよ？　あたしは別にサウナ好きじゃないからね？　平河がいないなら別に入る理由もないよ」

「お、おう……」

何それ、喜べばいいの？　悲しめばいいの？　とりあえず反省はしておきます……。

「あたしはちょっと……散歩にね」

「なるほど、今日が新月か」

船の上での神田の予想は当たっていたらしい。空を見上げると、船の上で見た以上に鮮明に星が見える気がした。

「咲穂を誘ったのか？」

「ううん、途中で品川《しながわ》と会ったんだ」

「ああ、久しぶりの真一成分……」

咲穂が何かの養分を求めるみたいに俺の腕に抱きついてくる。

その時、肩に触れた感触に首をかしげた。

「髪、濡れてるのか？　お風呂は入ってないんじゃなかったっけ？」

「え、髪？」

咲穂が頭を押さえると、

「ちょっとだけ泳いだんだよ」

と、神田が横から口を出した。

「島に来てから一回も泳いでないから。海に浮かんで夜空でも見よっか、って。で、着替えはしたものの、南島《こっち》にはドライヤーがないから、バスタオルで拭いたけど拭《ぬぐ》いきれなくて」

「いや、咲穂は……」

言いかけた俺の腕を抱く力が強くなる。

「品川は？」

「ああ、いや……なんでもない」

とりあえず俺は矛をおさめることにする。と、そこで、

「んにゃっ!?　ていうか、ユウちゃん、それ何持ってるの!?」

「あ、これ？」

別の矛（実物）に気付いた莉亜が驚いた声をあげて、ユウはカバーのかかったコンパクトノコギリを刀の鞘《さや》を見せるみたいに胸元に掲げた。

「ノコギリよ。さっき焚《た》き火《び》の時に薪《まき》を小さくするのに使ってたの。なんかカッコいいから持ってきちゃった」

「相変わらず小学生みたいだねぇ……？」

「はあ？　どこが？」

「どこがって全部だけどぉ……」

俺もそう思う。ていうか持ってきてたのか。暗くて気付かなかった。

「ユウ、危ないからそこの岩の上に置いとけ。明るくなったらまた取りにこよう」

俺は吊り橋の手前にある岩を指差す。

「うーん……まあ、分かったわ」

不承不承という感じではあるが、ユウは存外素直に俺の言った通りにした。

「真一様」

「十条《じゆうじよう》さん⁉」

この夜の闇から突然出てきたら怖いでしょうが！

「1つ、ルールを申し添えておきます。昨日同様、22時以降に【運命の選択】を発信することはできません。22時の前、最後に出した【運命の選択】が本日最後の【運命の選択】となります。なお、例えば21時59分に出した【運命の選択】は、回答が22時を過ぎても有効となります」

「分かりました」

スマートウォッチを見ると、現在21時。【運命の選択】は出せてもう1、2回といったところだろう。

であれば、ここで一気に絞りたいところだが……。

＝＝＝

【運命の選択】

どこで夜を過ごす？

A：南島

B：北島

＝＝＝

ピロリン♪とスマートウォッチが通知を鳴らした。

「南島だったらテントで寝るし、北島だったらコテージで寝るってことになるね」

「そういえば、到着した港は北島だったですが、すぐに南島《こちら》に渡ったので、まだコテージには行ってませんね」

「りぃと咲穂ちゃんは昨日コテージに泊まったよぉ♡」

「ふーん、どっちが正解なのかしら……」

俺が自分の選択をしようとスマートウォッチを構えると。

「捕まえたぁ♡」

俺の左腕を向かい側から、まるで柵を掴《つか》むみたいに莉亜が掴む。

そして、じぃーっと俺を見つめた。

「……どうした？」

「6秒間の愛《アイ》コンタクト♡　りぃのこと、好きになって♡」

そんなこと言われても、俺からすると画面越しだから莉亜の目を見ている感覚ではなく、余裕で見つめ返すことが出来る。

……と、そこで莉亜の真意に気が付いた。

俺は目をつぶって、左腕を振って、莉亜を振り払う。

「あぁん♡」

「変な声出すな……」

そのまま左手で耳たぶを軽く摘《つま》んでから、元に戻した。

神田をちらっと見ると、小さくウィンクが返ってくる。莉亜も神田もウィンクが上手《うま》いな……。

そして、結果発表の時間になる。

＝＝＝

デート継続は真一様と同様に『Ａ：南島』を選んだ

品川咲穂　様

目黒《めぐろ》莉亜　様

の２名様です。

＝＝＝

「うわ、最悪。してやられた」

神田が手のひらを額に当てて本気で悔しそうな顔をする。

「平河、あたしのこと嫌いになっちゃった？」

「なんのことだ？」

俺は白々しく反応する。

俺はたしかに神田に対して、『Bを選ぶ』という合図を出していた。神田が問題にしているのは、俺がAを選んだことだろう。

ただ、まだ、その事実をオープンにするわけにはいかない。

「不可解です。何をしているのですか、玲央奈《れおな》さん。そのせいでマノンまで……」

「んー？　なんのこと？」

「……なんでもありません」

どうやら舞音は気付いていたらしいけど。

『夕飯はどこで何を食べる？』という【運命の選択】の時に、神田がふざけて動作で『どっちか教えてよ』と言っていたのを、舞音は見ていたのだろう。

『Aを選んでほしい時には、右手で鼻を触って。Bを選んでほしい時は、左手で耳を触って』

先にやった方がAで、後にやった方がBだということくらいは、舞音くらい冴《さ》えていれば容易に予想がつくだろうし。

だから、サインを盗み見た舞音も神田と同様に引っかかってしまったということだ。

それにしても。

「莉亜のあれはカンニングにはならないのか？」

「んー？♡　りぃ、なんのことか分からない♡」

しらばっくれる莉亜。

俺含めてみんながみんなしらばっくれているせいで、なんとも白々しく行間を読み合うようなハイコンテクストな会話が繰り広げられている。

莉亜は俺の目を画面越しに見つめることで、俺の瞳に映った画面を見たのだ。

俺はその間に選択はしていないものの、AとBの2択の位置だけ覚えてしまえば、あとは、離れて見ていても俺がどちらを選んだか分かるというものだろう。

残念ながら、一度表示された選択肢の位置をシャッフルする機能までは実装されていない。

それにしても、結構頭が働くんだな、莉亜。

残るは、ユウと咲穂だが。

「ユウちゃんは相変わらず我が道を行くって感じぃ？」

「アタシは、ただ単にシンもそっちを選ぶんじゃないかって思っただけ。外したのは不覚だったわ」

「お？」

莉亜が怪訝《けげん》そうな顔をして首をかしげる。

「真一くんには媚《こ》びないんじゃなかったっけぇ？」

「媚びてないわ。アタシはアタシの意思で選んだだけよ？」

「でも、じゃぁ……」

「アタシは、シンとなるべく一緒にいたい。それだけ」

「……！」

莉亜も他の３人も、本気で驚いた顔を見せた。

「ねえ、渋谷《しぶや》ちゃん？　さっきのデートで何かあったのかな？」

「この留学中、２人で過ごして何もない、なんてコトがあると思う？」

咲穂の質問に、当然みたいな顔をしてユウがそう答えた。

その瞬間、ピリッとした空気が辺りに伝播《でんぱ》した。

「それにしても、サキホ、やっと当たったわね？　初めてなんじゃない？」

ユウはその空気を感じているのかいないのか、抜け抜けとそんなことを尋ねる。

「みんなが島に来て最初の【運命の選択】、南島で過ごすっていうのも当てたよ？」

「あれは全員当てたし、シンがサキホに合わせてあげてたわけでしょ？　それ以外は全問不正解だったじゃない」

「……！」

歯噛《はが》みするようにして睨《にら》む咲穂を見ながら、俺は夕食を準備している時の莉亜の言葉を思い出していた。

……と、その時。

「なるほど、やっと気付いた。シーズン1とは違うわけだ」

神田がピリついた空気を取り成すように、話し始めた。

「どういうコト？」

顔をしかめるユウに神田が答える。

「平河はあたしたちの誰かと2人きりになれるチャンスを狙ってるんだよ」

「シンが？　アタシたちがじゃなくて？」

「そう、そこがシーズン1と違うところってわけだね」

神田の人差し指は空を指す。

「このままにしていたら、平河が次に出す選択肢は……。何もしなかったら2分の1の確率で相手と2人きりになっちゃうよ」

咲穂の顔が強張《こわば》り、莉亜はいまだに頭の上にハテナを浮かべている。

神田は本当に今気付いたのか？　だとして、わざわざそれをみんなの前で口にする意味は？

「……って、あたし、何やってんだろ。そんなこと教えるメリットないのに。あはは、なんか平河のこと分かったのが嬉《うれ》しくてベラベラと……」

「でも、あんたが口を滑らせてくれて良かったわ！　今後活用させてもらうわよ？」

ユウは素直に反応する。

「ま、ユウちゃんは明日の朝までおやすみだけどねぇ♡」

さて、段々と炙《あぶ》り出せてきた。

舞音、ユウ、神田が立ち去り、莉亜、咲穂、俺の3人になった。

「何するのぉ？」

「そうだな……」

とはいえ、真っ暗な中で出来ることなんて正直ほとんどない。

さっきまでは焚《た》き火《び》をしていたが……。と、そこで、さっきバーベキューの後の【運命の選択】でAIが提案してきた選択肢を思い出す。おそらく、その用意があるということだろう。

「花火、やるか」

「あれ。真一、【運命の選択】やらないんだね？」

「やってほしいか？」

「……わたしは、莉亜ちゃんを隔離したいだけだよ？」

「咲穂ちゃんは、なんでそんな当たり前のこと言ってるのぉ？」

……莉亜の言う通りだな。

「いいよ、花火やろう？」

話を遮るように、ごまかすように、咲穂は歩き出す。

ろうそくと、水の入ったバケツを用意して、砂浜で花火を始めた。

「そういえばさぁ、りぃ、ずっと気になってたんだけどぉ」

「ん？」

「真一くんが避けられてたのって、小学校の時からなんだよねぇ？」

「そうですけど……。いきなりなんだよ？」

すごいズバッと切り込んでくるじゃん。

「咲穂ちゃんはそれでも真一くんのこと好きになったのぉ？　昨日暇すぎて咲穂ちゃんの初恋の話聞かされたんだけど、それって小６の時だったんでしょぉ？　その時ってもぉ真一くんって周りから避けられてたんじゃないのぉ？」

「それは……たしかに」

咲穂は、小６の修学旅行の時に俺が不用意に放った一言に何かを感じたという話だった。

でも、今になって思えば、あの時既に避けられていた俺にスタバで話しかけられても『普通の友達』みたいな自然な対応をしてくれていたのは、かえって不自然だったのかもしれない。たとえ、自分が友達に置いていかれた寂しさがあったとしても、だ。

「真一が避けられてたのって……ううん、避けられてるのって、」

「言い直さなくていい」

「避けられてるのって、別に真一自身が嫌われてるとかじゃなくて、真一のパパが怖がられていただけのことでしょ？」

「そぉなんだ？」

「ああ、まあ……」

莉亜に上目遣いで問われて俺は頷《うなず》きを返す。

「でも、わたしには、真一のパパがそんなに怖い人には思えなくて」

「どぉして？」

「うーん。命の恩人だから、かな」

「命の恩人ー？」

想像以上に重い言葉に、莉亜が食いつく。

「……あ、えっと、そんなに大したことじゃなくてね？」

咲穂は前髪をくしくしといじりながら答えた。

「その……真一のパパがいなかったら、真一は生まれてないでしょ？　だから、その……命の恩人かなって」

「ふーん？」

やや無理があるように思えるその答えに対して、それでも莉亜は何かを思いついたみたいに、

「やっぱり、咲穂ちゃんは、真一くんが生きがいなんだぁ？♡」

と言いながら咲穂の顔を覗《のぞ》き込む。

生きがい。その言葉に俺の耳が反応する。

『俺に生きがいを求めないでほしいんだ』

それは、あの日、俺が大崎《おおさき》に言った言葉だったから。

「うーん。生きがいっていうのとはちょっと違うかな」

だが、咲穂は、思ったよりも冷静にそれを否定する。

「真一の幸せそうにしている顔を全部見たいのは事実だよ？　それを１つでも見逃してるのかもしれないと思うだけで、どうにかなっちゃいそう」

「どうにかなっちゃってたねぇ……」

「でも、生きがいじゃない。わたしが真一といたい理由は……」

とそこまで口にしてから俺を見て、「ぅあ」とだけ言って、

「なんでもない……！」

と俯《うつむ》く。

「今さら何か恥ずかしいことがあるのぉ？」

「なんでも、ないから……！」

莉亜と俺は目を合わせてお互いに首をかしげる。

もうすぐ22時。

俺たちはテントの脇に移動する。

赤色のものと青色のものの２張りあって、それぞれの中にダブルベッドサイズのマット

レスが置いてあった。シーツもちゃんとかかっているし、やはりキャンプというよりグランピングという感じだ。

「ねぇ、真一くん？　そぉいえばさぁ、さっき玲央奈ちゃんが言ってたことってほんとなのぉ？　真一くんが誰かと2人きりになりたいってやつ」

「ああ、まあな。みんなの選択にブレが出ると思ったからなるべく話してこなかったんだけど、でも、もうバレてるなら、隠す意味もないな」

むしろ、あれを利用させてもらうことにしよう。

「だからこそ、ちょっと2人にお願いがあるんだ」

俺は【運命の選択】を発信する。

＝＝＝

【運命の選択】
どちらに宿泊する？
Ａ：赤のテント
Ｂ：青のテント

＝＝＝

「うわぁ、ストレートぉ……！」

「赤と青を別々で選んでほしいんだ」

咲穂は下唇を噛《か》んでこちらを見る。

「……わたし、真一と2人きりで寝たいな？」

「そんなの、りぃも寝たいに決まってるよねぇ？♡」

「だよね？　だからさ、」

そして、咲穂はその目に黒い炎を灯《とも》して、俺を見据えた。

「真一に、どっちかを選んでもらおうよ？」

「……なるほど、いいね♡」

やっぱりそうきたか。

「じゃあ、わたしは赤のテントを」

「じゃぁ、りぃは青のテントにするね♡」

咲穂は赤いテントの側に立って莉亜は青いテントの側に立って、ウィンドウを操作する。

そして、2人は俺を見た。

「「ねえ、どっちを選ぶ？」」

これが今日最後の【運命の選択】になる。であれば、俺が選ぶべきは……。

「……こっちだ」

俺は咲穂が選んだと宣言した『A：赤のテント』を選択する。

すると、画面にこんな文言が表示される。

＝＝＝

真一様と同様に『A：赤のテント』を選んだ方はいませんでした。

＝＝＝

「どぉして……？」

顔をしかめた莉亜に対して、真っ暗な目で咲穂は答える。

「……こうすれば、真一と莉亜ちゃんが2人きりになることはないから、だよ？」

時間は22時を過ぎている。

俺はその夜、花嫁候補全員と離れることになった。

第7章　彼女は姉のように笑う

「うおおおおお……！」

独り言だとしても、声を出して自分の意識を他に逸《そ》らさないと耐えられない。

俺は今、北島と南島を結ぶ吊り橋《つばし》を渡っている。暗い新月のおかげで、下が見えないのがかえって救いだ。

ぶらぶらとかなり心もとない揺れ方をするその橋を渡ってまで俺が目指す目的地――それは、十条《じゅうじょう》さんが泊まっているコテージだった。

その目的は、もちろん夜這《よば》いなどではない。

咲穂《さきほ》が俺を、俺と同じ選択肢になることを避けているのは明らかだ。であれば、十条さんに確認しておきたいことがあった。【運命の選択】の無駄打ちはなるべく避けないといけない。

「怖かった……」

なんとか吊り橋を渡り終えた俺が十条さんのコテージに近づいていくと。

なぜか、コテージの外で十条さんが固まっていた。

俺が懐中電灯で照らすと、それに気付いたのか、ガガガガ……と鈍い音を立てるようにこちらを振り返る十条さん。

「し、真一様《しんいち》……！」

「何してるんですか……？」

「か、かかかか」

「か？」

「カエルです、真一様……！」

懐中電灯を十条さんの身体《からだ》が向いている先に向けてみると、大きいガマガエルがコテージのドアの前にふてぶてしくも鎮座していた。

これで確定したな。やっぱり爬虫類《はちゅうるい》や両生類が苦手らしい。

「十条さん、カエルとかヤモリが苦手ならどうして無人島なんて選んだんですか？　絶対出るじゃないですか……」

「楓《かえで》様から受け取った計画書に書いてあったものですから……」

「そりゃそうかもしれませんけど、律儀というか忠誠心が強いというか……俺の母にどんな恩を着せられてるんですか？」

「この状況で、そんな長くなりそうな話を始めます……!?」

声を震わせて訴えてくる十条さん。たしかに彼女の言う通りだ。

「まあじゃあ追い払いますか……」

と言った瞬間。ガサ、という音がして。

「ひぃぃぃぃ!!」

「うぐえ」

十条さんが俺に突進してきた。いや、違う、抱きついてきてるのか。

その理由は明らか。ガマガエルが十条さんの靴の上に跳び乗ったのだ。

俺の胸元にこれまでどの花嫁候補からも感じたことのない圧倒的な重圧がのしかかる。

「お願い、助けてください……!」

その大人らしい圧力に反して、涙ぐむ十条さんの声はあまりにも可愛《かわい》らしい。

「わ、分かりましたから……首、キマってるんで一旦放してください……」

「あとでいくらでも話《はな》しますから、先に助けてください……!」

「いや、そうじゃなくて……」

諦めた。このまま噛み合わない話をしてたら窒息死してしまう。

俺は十条さんに抱きつかれたまましゃがんで、足元に落ちていた手頃な長さの枝を拾い、カエルの脇をぺしぺしと叩く。

すると、先ほどまでのふてぶてしい態度はどこへやら、どこかへと去っていった。

「ほら、どっか行きましたよ」

俺が言うと、抱きつく力が弱まる。が、しかし、今度はもたれかかる重力が増していく。

やがて十条さんは俺の足下にくずおれた。

「十条さん……？」

「……腰が、抜けてしまいました」

「ええ……」


十条さんを支えながらコテージに入り、玄関先に座らせる。

「ありがとうございます、真一様……」

玄関に腰掛けた十条さんは俺を上目遣いで見てくる。前に垂れた両腕がおそらく無意識に胸を寄せるような形になり、その双丘のボリュームを強調する。

俺はとりあえず目を逸らした。

「いえ……」

「ところで、私《わたくし》に何か御用でしょうか？」

少し回復したのか、しっかりした口調で俺に尋ねてくる。

「ああ、十条さんに聞きたいことがあったんです」

「なんでしょう？」

「誰かを指名するのとほぼ同等の【運命の選択】を出すことって出来るんでしょうか？」

これだけじゃ伝わらないか、と、俺は「例えば……」と具体例を出す。

「『どんなメンバーで遊ぶ？　A：家族水入らず　B：同い年で遊ぶ』って【運命の選択】を出して、俺がAを選んだら、舞音《まのん》を指名できると思うんです。そういうのって可能なのかなって」

「そのような質問はルール違反となり、発信されません」

「そうですか……」

それなら、別の方法を考えないといけないか。

「分かりました、ありがとうございます。それじゃ、俺は戻りますね」

俺が踵《きびす》を返すと、ぐい、っとズボンを摑《つか》まれた。

「待ってください、真一様……！」

「なんですか？」

「ここ、カエルの鳴き声が聞こえるんです。私がお風呂から出るまででいいので、居てくださることは出来ませんか……？」

……またこのシチュエーションか。

風呂場の方から、シャワーの音が聞こえる。

1人用のコテージの間取りは極めてシンプルだ。玄関を上がるとすぐ居室があって、その一辺がキッチンになっており、別の一辺にトイレと風呂場がある。

俺の暮らす四畳半のワンルームと似た間取りに、なんだか家に帰ってきたような安心感があった。だから、那須の1on1デートで大崎《おおさき》と同室だった時ほどの緊張はない。

まあ、大崎の時は同室で寝るからというのもあっただろうけど、今回はこの後テントに戻るだけだから、全然問題ない。

であるならば、俺が今考えるべきは彼女のことだ。

彼女の作戦は大体理解したが、それにしても……。

「きゃぁぁあ!!」

「またかよ……」

案の定、風呂場から十条さんが、

「って、うえぇええ!?」

……いや、案の定以上だった。

風呂場から十条さんが飛び出してきた。一糸纏《まと》わぬ姿で。

濡《ぬ》れたままの身体で俺を押し倒すような形ですがりついてくる十条さん。

「で、でででででました……！　真一様、たすけてください、真一様……！」

「う、うう、馬乗りになられてたら風呂場に行けませんよ！」

いや、本当の問題はもっと他のところにあるのだが、とにかく俺にはそれしか言えない。

目をつぶったまま、十条さんをどかして（どかす時に触った柔肌が目をつぶっているせいで生々しかったが……）、風呂場に向かう。

すると、窓にヤモリだかイモリだかが張り付いていた。

「いや、中にいるわけじゃないいんかい……」

夏でも無人島の夜は冷える。暖かいところを好むヤモリはお風呂場の窓に張り付いているらしい。

窓をコンコンと叩《たた》いて一旦追い払うものの、おそらくヤツはすぐに戻ってくるだろう。

俺はバスタオルを十条さんの肩にかける。

「……十条さん。外にいるヤモリくらいは我慢してくださいよ」

「も、申し訳ございません……」

「いや、そこまで謝らなくてもいいですけど……でも、」

俺は十条さんを見ることも出来ず、そっぽを向いたまま頬《ほお》をかく。

「そんなこと言ってたら、このあと、寝室の窓にだって多分張り付くでしょうし……」

「へ……？」

……ああ。やってしまった。失言中の失言だ。

振り返ると、涙目の十条さんが、

「今夜、一緒に寝てくれませんか……？」

と、懇願していた。

明かりの消えた部屋。

遠慮と気遣いの押し問答を繰り返した結果、どうにか十条さんがベッドで寝て、俺が床に寝ることになった。

「どうしてそんなに爬虫類とかカエルとかが苦手なんですか」

「すべての好き嫌いに理由が必要でしょうか」

十条さんはツン、とした声で答える。

「例えば真一様は高所恐怖症……正確に言えば、落下恐怖症ですよね？」

「まあ、そうですね……」

です」

「どうしてですか？」

「あー、いや、なんとなく……？」

「……なるほど。まあ、そうか。

「そういう話です。別にトラウマがあったとかではないのですが、嫌いなものは嫌いなのです」

苦手なものの話になると、どうやら十条さんは子供っぽくなるみたいだ。

ほら。

「真一様、何か別のお話をしませんか。目を閉じるとやつらがチラついてしまいます」

「じゃあ、さっきの話の続きはいかがですか？　うちの母親に尽くす理由」

「……楓様は、私に居場所をくださったんです」

「居場所……？」

「あくまでも黒子《くろこ》である私の話をするのは少々憚《はばか》られますが……」

そう言いながら、十条さんはゆっくりを話を始めてくれた。

「私の母親は、なんといいますか……恋多き人だったのです。さらに悪いことに、恋に落ちた相手を毎回『運命の人だ』と思い込んでしまう厄介な人で……」

十条さんの呆《あき》れ声が小屋の中に響く。

「私の父親にあたる人が最初の夫でしたが、その後、夫と別れては別の男性と交際をし……そんなことを何度も繰り返していました。離婚と再婚を繰り返した結果、その度に苗《みよう》字《じ》が変わり、家が変わり、転校を繰り返していたのです」

「なるほど……」

「何度目かの離婚の際に母とも離ればなれになり、結果、身内にも心を許せる人はおりませんし、当然のように友達も出来ませんでした。世界のどこにも、私の居場所などなかったのです」

「そうなんですか……」

想像以上にヘビーな話に、少したじろいでいると。

「そんなある日、『私の秘書になってちょうだい』と、楓様は私に声をかけてくださいましたので、秘書になることにしました。ちゃんちゃん、めでたしめでたし」

「いや、いきなり終わりますね!?」

ツッコミのために飛び起きてしまう。

「私の話などに真一様の貴重なお時間を使うわけにはいきませんから」

「ええ……」

「それに、私の話など聞いたら、また真一様に枷《かせ》が増えてしまいますよ。恋愛《れんあい》留学《りゆうがく》が終わった後の私の雇用先やもっと先の将来の心配までしかねません。真一様はお優しいので」

「そんなことは……」

俺は口ごもる。否定は出来ない。

優しくなんて、情に厚くなんて、なりたくないのに。

「とにかく、楓様の最期に託された仕事が、『楓様の遺書の保管』と『恋愛留学の運営』の2つだったのです」

「そうですか……。その……ありがとうございます」

「真一様にお礼を言われることではございません。すべては楓様との約束ですから」

そう言って、十条さんは右手の小指を天井にかざす。

「私は、真一様が幸せであれば、なんでもいいのです」

「十条さん……！」

その言葉に目を見開く。

「失礼しました、不用意な発言でしたね。これも楓様との約束のうちだと、私が手前勝手に解釈しているだけのことです。そこに勝手に居場所を見出《みいだ》しているだけの、押しつけの迷惑行為に過ぎません」

「迷惑行為って……」

「それほどまでに、楓様のことをお慕いしておりますので」

そう話す十条さんの声は、嬉《うれ》しそうで、寂しそうで、悲しそうで、楽しそうで。

プラスもマイナスも混ざったようなその声音に、俺は聞き惚《ほ》れてしまっていたんだと思う。

と、同時に。

「……もしかしたら、十条さんなら分かるでしょうか」

「何を、でしょうか？」

俺は、これまでずっと、大崎にも舞音にも咲穂にさえも話したことのなかったことを、いつの間にか口にしていた。

「俺が小さい頃、病室で母が俺に言ってくれた言葉があるんです。途中までは覚えているんですけど、どうしても大切なところが思い出せなくて。……今でも、頻繁にその時の夢を見るんです」

「どんな言葉でしょうか？　私《わたくし》に導けるかは分かりませんが……」

「それは……」

母親から聞いたことを最後以外は一言一句覚えていることも、それを聞かせるのもかなり恥ずかしいが、変に隠したら、分かるものも分からないだろう。

こほん、と咳払《せきばら》いを一つだけして、夢の中で聞いていた母親の言葉を諳《そらん》じる。

『真一。「真実の愛」っていうのは、「利害が一致している間柄」のことを言うの』

『「顔が好き」とか「性格が合う」なんていうのは、いつ壊れるか分からない絆《きずな》、いつ覆るか分からない感情だわ。外見や性格なんて、明日には変わってるかもしれないし、自分の好みだって未来永劫《みらいえいごう》同じとは限らないでしょう？　それは「恋」ではあるかもしれないけど、「愛」ではないの。恋の魔法がある日突然解けてしまうことなんて、往々にしてあるんだから』

『でもね、利害が一致している相手とは、強固な絆で結ばれてる。だって、利害が一致してるってことは、相手に利することは自分を利するし、相手を害することが、自分を害することになるんだもの。誰しも、自分を利することは進んでするし、自分を害することはなるべくしないものでしょう？』

『だから、真一には、そんな人と……真実の愛を結べる相手と結婚してほしいの。そうしたらきっと、あなたは幸せになれる。それが、ママの願いよ』

そこで幼い俺は、自分や父と母は利害が一致していないのかと尋ねる。

『何言ってるの。利害、一致しまくりよ。だってね――』

「その先が、分からないんです」

「……本当に、分からないんですか？」

「え……？」

心底意外そうに十条さんが問いかけてくるので、つい身体《からだ》を起こしてそちらを見る。

「分かるんですか……!?」

俺の動きに合わせてか、十条さんもベッドの上で起き上がった。

「ええ、難しいことではないと思いますが……」

「教えてください！」

「……真一様、この手はいけませんね。あらぬ誤解を招きます」

気が付くと、俺は立ち上がり、前のめりになって、ベッドの上にいる十条さんの肩を摑《つか》んでいた。

今のシーンだけを誰かに見られでもしたら、立場を濫用して親の会社の従業員を襲おうとしている最低の人間だと判じられてしまうだろう。

「す、すみません……」

「いいえ」

俺はその場で膝に手をついて頭を下げた。

「その先に続いたはずの言葉を教えて差し上げることは可能です」

「だったら、」

「ですが、真一様」

食い下がろうとする俺を制するように、十条さんは遮る。

「実際に、その先を楓様は口にしたのでしょうか？」

「………え？」

視界がぐるんと一回転する感覚があった。

「一言一句覚えているのに、そこだけ覚えていないだなんてことが、本当にあるでしょうか？　真一様ほど利口な方が、一番大事な結論だけを聞き逃すなんてことが？」

「いや、でも……」

「ですので、私の答えは、こうです。楓様はそこで会話を切って、そして」

十条さんは微笑《ほほえ》んで、そっと俺を抱き寄せて。

「こうなさったんだと思いますよ」

そっと俺の後ろ髪を撫《な》でた。

「………！」

「それにしても、楓さんらしいですね。どこまでいっても素直ではないというか、ひねくれているというか……。そんな回りくどい説教じゃなくて、まっすぐにそう伝えれば良かったのです。本当に家族揃《そろ》って素直じゃないというか……」

驚愕《きょうがく》に目を見開く俺の耳元で、十条さんはごくごく小さな声で独り言を言う。

呆れたように、寂しそうに、愛《いと》おしそうに。

無言になってしまった俺から身体を離して、十条さんが俺の目を見つめる。

「失礼しました。御無礼をお許しください」

「い、いえ……」

「……おそらく、その本当の答えを知るための恋愛留学なのでしょう。もしかしたら、それを分かることが、この留学での真一様のゴールなのかもしれません」

「そう、ですか……」

十条さんの言葉に１００％納得したわけではない。

だが、母がそこで言葉を切ったことも、それを狙いに母が恋愛留学を計画したのも、きっと十条さんの言う通り、事実なのだろう。

言葉というのは、時に、字義的な意味を知るだけでは、その内容を理解出来ないことがある。

であるならば、俺の母親は……。

「真一様」

「はい？」

思考の森を彷徨《さまよ》っている俺に、十条さんが声をかけた。

「今夜はこのままベッド《こちら》で一緒に寝ますか？　私は一向に構いませんが」

「そ、そんなわけないでしょう」

ベッドの上から俺が離れないものだから、十条さんに真顔でからかわれてしまった。

「そ、それにしても」

俺は自分の布団に戻りながら、気恥ずかしさを気取られないように、言葉を継いだ。

「十条さん、うちの母親のこと、本当に好きなんですね。どこにそこまでの魅力があったんですか？」

「真一様」

十条さんは横たわりながらこちらを見る。

「すべての好き嫌いに理由が必要でしょうか？」

薄明かりの中、普段無表情な彼女の意地悪な微笑《ほほえ》みに、俺は今度こそごまかせないほどに見惚《みと》れてしまっていた。

チュン、チュン……。

「ん……？」

鳥の囀《さえず》りで目を覚ました。

いつの間にか寝てしまっていたらしい。薄目を開けると、

「おはようございます、真一様。さあ、最終日が始まりますよ」

メイド服をピシッと着た十条さんが正座をしてそこにいた。

「おはよう、ございます」

「はい、おはようございます。よくお休みになれましたか？」

「そっすね……」

緊張して眠れないかと思ったが、なんだかんだ言って疲れてはいたらしく、夜中に目を覚ますこともなくぐっすり眠れた。

「真一様、そういえば」

「はい？」

「昨日の質問にあった特定の誰かを指名するような【運命の選択】は、ルール違反です。しかし、真一様ならそれを成し遂げる方法が分かるはずです」

「それって……？」

寝ぼけた頭には少々難題だったが、その後のヒントで合点がいく。

「これまでの【運命の選択】を思い出してください」

「……なるほど」

「それと、」

十条さんはわずかに頰《ほお》を赤く染めて、言う。

「昨夜は夢のような夜でした」

「無駄に誤解を招く言い方を……」

「いえ、そうではなく」

十条さんは俺の呆《あき》れ声を遮って、

「いつか真一様と、楓様のことを、あんな風にお話しする日をずっと夢見ていたのです」

寂しそうに、だけど幸せそうに笑った。

第8章　Round5：そして嵐は訪れる

「雲行きが怪しいわね……」

ユウが空を見上げて、憂鬱そうに呟《つぶや》く。

「あはは、天気予報を見なくても雨が降るって分かるね」

「だねぇ……朝なのに暗くてやだなぁ」

神田《かんだ》が苦笑して莉亜《りあ》が同意した通り、昨日の星空が嘘《うそ》みたいにどんよりと曇っている。

「それにしても不可解です。どうして集合が北島なのです？　お兄ちゃんは昨日南島にいたはずでは？」

「たしかにそうだね？　……ん、あれ？」

咲穂《さきほ》がすす……と俺に近づいてきて、

「あれ？」

俺の首筋の匂いを嗅いでから、

「あれあれあれあれあれあれ？」

と首をきっかり90度曲げた。怖っ……！

「おかしいね？　いつもの真一《しんいち》と違う匂いがするね？　昨日真一はシャワーを浴びれなかったはずだよね？　真一の濃ゆい匂いを嗅ぐことが出来ると思ってたのに、これはどういうことかな？」

「濃ゆいって言い方、サイコーに気持ち悪いわね……」

瞳を暗くした咲穂がずんずん俺に顔を近づけてくる。

「………他の女と寝たね？」

「あ、いや……」

「あれ、でも、おかしいね？　昨日はわたしたち5人全員一緒の部屋で寝てたから、誰かと寝てるはずはないけどね？　誰かが勝手に外に出ないようにわたしがちゃんと寝ないで監視してたし……」

「夜中にトイレに起きたら、目を開いた咲穂さんがベッドの上に立ってて『どこに行くのかな？』って聞いてくるの死ぬほど怖かったです……」

咲穂は舞音《まのん》の身震いをスルーして、

「結論は、誰でも分かることだね？」

カクカクカク……と彼女の後方に首を傾ける。

そして、容疑者の名前を呟いた。

「……十条《じゅうじょう》さん？　真一に何をしたのかな？」

「さて、真一様。最終日最初の【運命の選択】を発信していただけますか」

「よく今のがスルー出来るわね⁉　超怖かったわよ⁉」

別にやましいことなど何もないが、俺としても避けておきたい話題だったので、あらかじめ準備していた【運命の選択】を発信する。

「ねえ、ごまかさないでよ真一？」

ピロリン♪と、それぞれのスマートウォッチが音を鳴らした。

＝＝＝

【運命の選択】
今日の最後、シーズン２で真一と同一の選択をした回数が最も少なかったメンバーは、真一と２人きりでデートをする？
A：YES
B：NO

＝＝＝

「っ……！」

質問内容を見て、俺に詰め寄っていた咲穂の表情がゆがむ。

その横で神田がふむ、と腕を組んだ。

「……なるほど、救済措置ってことか」

「お兄ちゃん、これは純粋な『回数』という理解でいいのですか？　それとも自分が投票に参加した中での『正解率』ですか？」

「純粋な回数だ。一番過ごした時間が少ない人と話すためのものだから」

「そう、ですか。とすると……」

舞音は目を閉じてぶつぶつと口の中で何かを呟《つぶや》き始める。これは舞音が計算する時の癖だ。とはいえ。

「どう考えてもサキホが一番少ないわよね？　それにこんなの、アタシたちに選択肢なんて、あってないようなものじゃない」

ユウの言う通り、俺がAを選んだ時点で、このルールは追加されることになる。それは事実だ。

だが、ここでBを選んだ方が（というか今後俺と違う選択肢を選んだ方が）、最後の1on1デートが出来る可能性が高まる。

だからこそ舞音は計算している。ここから何回外すことが出来れば、1on1デートにつなげることが出来るのか。そして、それはここから正解を当てることで1on1デートに漕《こ》ぎ着《つ》けるのと、どちらの方が勝率が高いのか。ひいては、ここでどちらを選ぶべきなのか、を。

『昨日の質問にあった指名するような【運命の選択】は、ルール違反です。しかし、真一様ならそれ成し遂げる方法が分かるはずです』

十条さんのその言葉を受けて、俺は、船の上で出した【運命の選択】を思い出していた。

『【運命の選択】3人の中で最も勝った人が真一と2人で過ごす？　A：YES　B：NO』

つまり、今現在持っている属性で指名になるような質問は無効になるが、これから付与される条件での指名は可能ということだ。

だから俺は、この【運命の選択】を出した。

案の定、咲穂は今日の空と同じくらいに顔を曇らせている。

——このルールで一番有利になるのは、現状ぶっちぎりでデート回数の少ない彼女なのに、だ。

「真一……」

喜べばいいのか悲しめばいいのか戸惑うような顔をして俺を見つめていた彼女は、次の瞬間。

「……ごめんね」

脱兎《だっと》の如く駆け出した。

「サキホ!?」

ユウを含めてみんなが追いかけようと動き出すも、

「来ないで！」

彼女は吊り橋《つばし》に飛び乗る。

横の立て看板が目に入った。吊り橋は耐久性の問題から1人ずつしか渡れない。

近づけない俺たちをよそ目にたたたっと向こう岸まで渡ると、なんと彼女は。

『さっき焚き火《たび》の時に薪《まき》を小さくするのに使ってたの。なんかカッコいいから持ってきちゃった』

『ユウ、危ないからそこの岩の上に置いとけ』

——そこにあったノコギリで、向こうのロープを切り落とした。

そこで俺は船の上での十条さんの言葉を思い出す。

『物理的に参加出来ない方は、合流出来る時まで参加でも不参加でもない状態になります』
「……不可解です。咲穂さんは何がしたいのでしょうか」

＝＝＝
デート継続は真一様と同様に『A：YES』を選んだ
神田玲央奈《れおな》　様
渋谷《しぶや》ユウ　様
目黒《めぐろ》莉亜　様
の３名様です。
＝＝＝

「あれ、舞音は救済措置の1on1デート狙いってこと？」

「はいです。咲穂さんは、島と島の間を渡る唯一の手段を切り落としたのです。あとでボートとかで迎えに行くとしても、咲穂さんは自分からは復帰出来ないでしょう。その場合、莉亜さんがここで正解を選ばなければ、マノンが最小になるはずです」

「そぉなの？」

「ええ。マノンが参加していない時のことは詳しく分かりませんが……」

そう前置きをしたマノンは空中に表でも見えているかのように、それぞれの正解数、不正解数、参加数、正解率の予想を告げる。

「すごいね、さすが平河《ひらかわ》家のスーパーコンピュータ」

正解数だけ抜き出すと、ユウが9回、神田が7回、舞音と莉亜が6回で並んでおり、そして咲穂が2回。という状況と予想されるらしい。

俺は全員の回答を知っているが、これは完璧に合っている。

となると、ここで莉亜が正解し、舞音が不正解であれば並ぶと考えられる。

「すっごぉい、まのん！♡　あ、でも、りぃが『そぉなの？』って聞いたのはそういうことじゃなくって……」

「痛っ」

莉亜が何かを言いかけた時、舞音の腕にビリビリが走ったようだった。

「すみません、ここまでです。お兄ちゃん、またあとで」

そう言って舞音は立ち去っていく。

はからずして、ディアスリーランド以来のメンバーでのグループデートとなった。

「それで、何する？　サキホが橋を落としちゃったから、北島《こっち》で過ごすしかないけど。コテージで過ごすっていうのもなんだか退屈よね」

ユウは俺の左手を右手で、左腕を左手で握って、至近距離で問いかけてくる。

「ちょっとユウちゃん！　昨日に増して距離が近くないかなぁ？」

「もう遠慮する必要がなくなったからね。アタシ、昨日シンに告ったから」

「告ったぁ⁉」

「へえ……」

莉亜は目を見開いて、神田は眩《まぶ》しそうに目を細める。

「真一くん、そぉなの⁉」

「まあ、その……ユウがそう言うなら、そうなんだろ」

「えぇー……うぅーん……」

莉亜が物思いに耽《ふけ》り始める。

ていうか昨日の夜、同室だった割にそういう話はしないのな……？　なんだか彼女たちの仲の良くなさが伝わってくるな。『仲の悪さ』とまで言っていいか分からないのがまたちょっとリアルというか……。

「真一くん」

莉亜が真面目な顔をして俺に近づいてくる。

「真一くんは、この留学を通して、家族になる人を見つけるんだよ？」

「うん、そうだな……？」

「本当にわかってるぅ？　可愛《かわい》いとか面白いだけじゃなくて、ちゃんと家族になれる人だよ？　ずっと一緒にいられる人だよぉ？」

「ああ、うん……」

それをお色気作戦みたいなことばかり仕掛けている莉亜が言うのか……？　とは思ったが、いつになく真剣な表情に気圧《けお》されてしまう。

と、その時。

「……ん？」

ぽつ。ぽつ。

「あ、やばいわ」

ぽつ、ぽつ、ぽつぽつぽつぽつぽつぽつ……。

「雨だぁー！」

ざぁあああああ……!!

一粒ずつの雨粒だったものはすぐに糸になりうねりになり、豪雨となって島に降り注ぐ。

暴風雨に煽《あお》られて、俺たちはコテージに飛び込んだ。

「ずぶ濡《ぬ》れだよぉ……」

コテージの中で待ってくれていたらしい十条さんがバスタオルを渡してくれるので、それで身体《からだ》を拭きながら、大きな寝室に入った。昨日５人が泊まっていたのはここらしい。

窓からは、南島の様子が見えた。

木々は大きくなびいて風の激しさを視覚だけで理解させる。

「ねぇ、咲穂ちゃん大丈夫かなぁ……？」

「そうね、向こうにはテントしかないもの」

「うーん、ちょっとこれは心配だね……」

３人がいつになく神妙な顔で向こうの島を眺めている。すると。

「あっ……!!」

南島の上空を赤いテントが高く舞っているのが見えた。

俺はスマートウォッチを見てから、尋ねる。

「……十条さん、レインコートはありますか？」

「ええ、ございますが……。……まさか」

「ウソ！　行くつもり!?」

目を見開く十条さんの横で、ユウが顔をしかめる。

「橋は落ちてるし、泳ごうにも氾濫して無理なはずよ!? それに間にはサメがいるんでしょう？」

「ああ……そうだな。でも、行かなくちゃ」

「ダメよ」

ユウが俺の背中に抱きつく。

「無謀と勇敢は別物だわ。確実に助けられるなら別だけど、そんなのって……」

「心配ありがとう、ユウ」

俺はスマートウォッチを操作する。

「ダメよ、シン……！」

そこに表示した【運命の選択】は。

＝＝＝

【運命の選択】

これからどこで過ごす？

A：北島

Ｂ：南島

＝＝＝

「真一くん！」

制限時間は15秒。

「シン、こんなのって……！」

「平河、あたし……」

神田までも、すがるように俺を見る。

俺はレインコートを羽織ってから、左手で耳を触る。

「平河……!?」

「そんな顔しなくてもいい、だろ？　神田」

俺の問いかけに神田はハッと目を見開く。

「でも、だったら、どうして……？　だって、だって……」

「だとしても、咲穂は俺が助ける。だから……」

俺は神田を見据える。

「神田に一緒に来てほしい」

無回答は自動的に脱落となる。

かくして、結果発表は。

＝＝＝

デート継続は真一様と同様に『B：南島』を選んだ
　神田玲央奈　様
の　1　名様です。

＝＝＝

「レオナ!?」「玲央奈ちゃんまで!?」

目を見開く2人を振り返って、神田は頰《ほお》をかく。

「あはは、あたしって、つくづく月だ」

そして、苦笑いを浮かべた。

「求められたら、抗《あらが》えないんだもんなあ」

「田舎《いなか》のバス停みたい」

十条さんからレインコートを受け取った俺たちは、谷底に向かった。

すると、神田の言う通り、田舎のバス停みたいな、しっかりとした屋根の付いたベンチを見つけて、そこに腰掛ける。

この『バス停』がここにあることで、とある推理に確信を得た。彼女に問いかける。

「ここから南島《向こう》に渡れるんだろ？」

「あれ、橋も道もないけど？」

神田はこんな状況なのに微笑んでいる。

「今は、な」

違和感は最初からあった。

呂形島という名前はつい最近ついたものではない。

であるならば、『呂』の字の真ん中の線が吊り橋《つばし》――つまり人工物であるはずがないと踏んでいた。

つまり、真ん中の線は、陸地として実在するのだろう。でなければ、南島と北島は別の島だし、もしまとめて呼ぶ呼称を考えたとしても、『兄弟島』『姉妹島』『夫婦島《めおと》』あたりになるだろう。

だが、真ん中の線は普段はそこには現れない。

「トンボロ現象って知ってるか？　満ち潮の時にはなかった道が引き潮になると現象のことなんだけど。エンジェルロードとかって呼んでる観光地もある」

「うん、それなら知ってる」

「だろうな」

俺は目の前を指差す。

「そこに時間限定の道が出てくる。ここは、それを待つためのバス停——引き潮停なんだろう」

新月の日と満月の日には干満の差が大きくなる。昨夜は新月だったから、きっと今日はくっきり道が出てくるはずだ。

「ねえ、平河はどこまで分かってるの？」

「さあな……。それよりも、咲穂は無事なんだよな？」

俺は大切なことを神田に尋ね返す。

「どうしてあたしに聞くの？」

「咲穂は、南島の屋根があるところ……多分、洞窟があるのを知っている。違うか？」

質問に質問で返し合うやりとりの末、神田は息を呑《の》む。

「……本当にすごいね、平河。そんなことまで分かっちゃうんだ」

その反応を見てやっと少し心を落ち着けることが出来た。俺の予想は当たっているということだから。

「昨日の夜、神田と帰ってきた咲穂が髪を濡らして戻ってきただろ。その時にな」

「泳いでバスタオルで拭いたけどドライヤーがなかったから乾かすところまでは出来なかったって言ったはずだけど？」

「そんなことはありえないんだ」

俺は少し逡巡《しゅんじゅん》するが、

「咲穂が不利にならないように、ずっと言わないようにしてたんだが……」

これを伝えないと話が前に進まない。

「咲穂は、泳げないんだ」

「えっ……」

「昔、近所の家族何組かで川辺にキャンプに行ったことがあってな。その中に咲穂もいたんだけど」

「平河と品川《しながわ》って本当に幼馴染《おさななじみ》みなんだね。……そこでってこと、か」

俺はそっと頷く。神田でなくても、話の流れからそこで何があったかはおおよそ見当がつくだろう。

「そう。川べりで俺と遊んでた時に咲穂が足を滑らせて川に落ちたんだ」

あの日、俺と咲穂は一緒に石で水切りをして遊んでいた。

「ぜんぜん上手《うま》くいかない……」といじけていた咲穂に対して、俺がつるつるした平べったい石を探して渡して、「助走をつけて投げるといい」とアドバイスした。

その結果、助走をした咲穂が勢い余って転んでしまって、川に落ちてしまったのだ。

「平河が助けたの？」

「いや、俺じゃなくて……」

まあ、『平河』には違いはないんだけど。

「俺の父親がすぐさま川に入って助けた。大人なら足がつく程度の深さだったし、咲穂が溺れていた時間はものの数秒くらいのもんだろうけど」

その時のことを思い出すと、いまだに背筋がぞっとする。

「でも、小さな子供が自然の水を怖がるようになるには十分な時間だったんだろうな。咲穂はそれ以来、海とか川とかには入れないんだ」

「そっか。だからグァムの時も、無人島に来てまでもあたしたち、一回も海に入らなかったんだ……」

『でも、それって、わざわざグァムでやる意味あるんですか？』

グァムでクイズを出した時に、神田はたしかにそう言っていたし、

『グァムの時も今日も、せっかく水着を着てるのに、浜でしか遊んでないでしょ？　海の中で遊びたい欲がおあずけ食らっちゃってるのよ』

ユウだって疑問に思っていたみたいだった。

なお、昨日、花火をしながら咲穂が話していた「真一のパパは命の恩人」という説明はこの時の話だ。

「ああ……それで色々分かってきた」

神田が呆《あき》れたような顔で乾いた笑いを浮かべる。

「昨日、島に着いた時に突進してきた品川を突き飛ばしてたのは、周りが見えなくなってる品川が海に入っちゃわないようにするためだし、北島じゃなくて南島で過ごすことを選んだのは、北島にはビーチしかないけど南島には色々海に入らなくても遊べるものがあったからか」

「……あんな半分パニックみたいな状態の咲穂を海に入れたらそれこそ本当に命の危険があるからな」

俺はそんな言葉でその事実を認めた。

「舞音の言う通りだね……。平河は品川に甘い」

「命の危険があるからだって言ってるだろうが」

「違う、それだけじゃない」

神田には、そんな表面的なごまかしは通用しないらしい。

「そうじゃなくて、平河は、品川が泳げなくなったことが自分のせいだって自分を戒《いまし》め続けてるんだ。だから、特に水辺では、必然的に平河は品川に甘くならざるをえない。責任を取るために」

「……事実、そうだろ」

「でも、それは枷《かせ》じゃないの？　平河が一番嫌いなもののはず」

「自分の責任なんだから、仕方ないだろ。これ以上重りを増やさないようにしてるだけだ」

「……そっか」

神田はそれを良いとも悪いとも言わない。

「でも、品川が泳げないからって、それがどうして洞窟を知ってるってことになるの？風が吹けば桶屋《おけや》が儲《もう》かるって言われてるくらい間の説明が足りない気がするんだけど」

「そこまで遠くもない」

俺は順を追って説明する。

「咲穂が海や川に入れない以上、咲穂の髪が濡《ぬ》れる理由は、雨かお風呂くらいしかない。そして、神田も知っての通り、昨日、雨は降ってない。焚《た》き火《び》が出来たくらいだからな」

「だね」

「それで、南島唯一の浴場――テントサウナは莉亜と舞音だけで使ったんだろ？」

「コテージのお風呂に入ったって可能性は？」

「神田が自分で言ってただろうが」

彼女が昨日の夜に言っていた言葉を思い出す。

『南島《こっち》にはドライヤーがないから、バスタオルで拭いたけど拭《ぬぐ》いきれなくて』

「コテージにはドライヤーがあるんだから、濡れた髪で出てくる必要もない」

「あはは、それはそうだね」

「だったら、考えられる選択肢は、洞窟の天井から滴る水くらいかなって」

「すごいなあ、本当に……」

神田はそんな言葉で認めた。

洞窟の上には当然だが地面があり、そこを地下水が伝って、洞窟の天井や壁から滴り落ちることがよくある。

おそらく一昨日、呂形島は雨だったのだ。雨水が時間をかけて天井から滴って咲穂と神田の頭を濡らしたのだろう。

シャワーみたいに降るわけではないが、タオルを持っていなかった2人はしめった髪で再集合することになったというわけだ。

「そう。平河の言う通り、南島には洞窟があるんだよ」

「やっぱり神田は、この島に来たことがあるんだな？」

「うん」

十条さんは、呂形島が映画やドラマの撮影で使われることもあると言っていた。

それに、神田は甲板でこうも言っていた。

『無人島の星空は綺麗《きれい》だからなあ』

あたかも見たことがあるかのように。

「南島に小高い崖があるでしょ？」

「ああ、あの犯人が供述して身投げしそうな……」

「あはは、そうそう。あれの麓にその洞窟はあるんだ。撮影の合間に涼んだりする時にその洞窟を使ってたの。ある夜に、スタッフさんたちが北島に戻る準備をしてる時に、あたし、もう一方に出口があるのを見つけて。それで、みんなの目を盗んでそっちに行ってみたら……」

神田はその時に見た景色をそのまま投影したみたいに瞳を輝かせる。

「そこには、崖であらゆる光が遮断された、星空だけがめいっぱい広がってる場所があったんだ」

「へえ……」

「その時は結局すぐにスタッフの人に見つかっちゃったんだけど、絶対にもう一度見たいって思ってて。それを昨日一人になれる時間があったから実行したってわけ。それで、戻る時に品川に会った」

「咲穂も洞窟に来てたのか？　どうして？」

俺は眉間にしわを寄せる。

「さあ。崖の下あたりで何かを探してるみたいだったよ。何を探してるかは教えてくれなかったけど」

「そうか……」

見当もつかない。

「ていうか、どうして秘密にしてたんだ？　別に、『品川と一緒に洞窟に行ってたんだ』でよかっただろ」

「理由聞いても笑わないって約束してくれる？」

「内容によるな」

「……ばか」

神田は俺をこづきながら拗《す》ねたような表情を見せる。

「……平河にだけ見せたかったんだよ」

そして、そう、呟《つぶや》いた。

「あの場で話したら、渋谷が確実に『連れていきなさいよ!』って言うでしょ? そしたらみんなで行くことになったりして……でも、そんなの嫌だった。あたしだけの場所に、あたしと平河だけの場所にしたかった。品川だって、変に隠したら怪しまれるから、洞窟までは連れていって、その先には連れていかなかったんだもん。『あたし、洞窟が好きなんだ』なんて話をしてさ。……ほとほと、嘘《うそ》つきだね」

「……そう、だったのか」

「なのに、平河はあたしに嘘の合図《サイン》出したんだよ? 最低じゃない?」

「最低ですね……」

いやだって知らなかったから……。

「あたしだって自分に意外だって思うよ。そんな風に何かをひとり占めしたいだなんて思ったこと、これまでなかったから」

「それも、月の話か？」

「月？」

……いや、神田のせいでポエマーみたいなことを口走ってるんだけどな。

「船の上で、神田は月になったたって言ってただろ？　照らされないと光ることも出来ない惑星になったたって。……あれ、本当はまだよく分かってないんだ」

「その話、長くなるよ？」

「どうせまだ道は現れないし、咲穂が無事なら急ぐ必要もない」

「それもそうか」

神田は空を見上げる。

「あたし、一番古い記憶で覚えてるのが、撮影中……つまり、役柄の中の記憶なんだ。自分自身の思い出じゃないんだよ？　面白いよね」

「面白いっていうか、すごい話だな……」

「それで、自分自身と役柄の境界線が曖昧で、自分らしさみたいなものを感じることがないんだ」

ベンチの上で体育座りした神田は、自分の膝に顎を乗せて、呟いた。

「あたしは自分自身を——神田玲央奈を知らない。自分自身の性格を知らない。自分の思し考《こう》も、嗜好《しこう》も、志向《しこう》も知らない」

その3つの同音異義語は、なぜかすっと正しい漢字に変換されて俺の頭に入ってくる。それが神田玲央奈の演技力の賜物《たまもの》だとしたら、本当にすごいことだと思った。

感心する俺をよそに、彼女は続ける。

「神田玲央奈なんて人格はきっと存在しないんだと思う。ただの器でしかない。役割を与えられないと、光ることも、——存在することすら出来ない」

「もしかして……」

「……そう。それがこの留学に来た本当の理由。だからこそ、生涯女優でいたいんだ。『男よけ』とか『ブランディング』のために、みたいなことを言ってたけど、それは一番の理由じゃなくてね」

神田は一拍置いて、衝撃的なことを呟く。

「あたし、一生演じられる『役』が欲しかったんだ」

と。

「普通の出会いじゃなくて、出会った時から平河の理想を演じて、そして、死ぬまでそれが出来る……あたしに、あたしの人生に、『女優・神田玲央奈』以外の役をくれる。それが平河真一だったんだよ」

「そういうことだったのか……」

初めて会った日に神田が言っていたことを思い出す。

『あたし、生涯、女優でいたいんだ。死があたしと演技を分かつまで』

万が一、女優の仕事が来なくなったとしても、『平河真一の妻』を演じ続けることが出来る。

『あたしは、キミの望む人間として、生涯を生き抜ける自信がある』

自信なんかじゃない。

神田は、そうする以外に自分が『存在する』方法がないと本気で思っているんだ。

「……じゃあ、どうしてシーズン２は咲穂だけを嵌《は》めたんだ？」

俺がそう尋ねると、本当に驚いたように目を見開く。

「そんなことまで分かってたの？」

「そりゃ、分かるよ。俺のことだけならなんでも知ってるはずの咲穂が、選択肢を外しすぎてる」

「そっかあ……。勘がいいなあ、平河は。鈍感系ラノベ主人公だったはずなのに」

「それ、神田にしか言われてねえよ」

神田は鼻から長い息を漏らす。

「まあ、そういうこと。あたしが品川をそそのかしたんだ」

「『平河とたくさん話すと落とされるよ』って？」

「……さすがだね。どういう推理をしたか、聞かせてもらってもいい？　探偵さん」

どうせまだ道は現れない。俺は彼女の芝居がかったセリフに乗っかって、２人きりのささやかな推理ショーを披露することにする。

「シーズン２のルールを聞いた後、最初の【運命の選択】の回答時間に、神田は咲穂を呼び出しただろ？　神田は「『みんなで同じ方を選ばないか』って相談を持ちかけた」って言ってたけど」

「うん」

「そこで、本当は咲穂に入れ知恵してたんじゃないか？　俺が大崎《おおさき》を落とした理由を、『一番長い時間を２人で過ごしたから』だって説明したんだろ。あと、俺が咲穂と大崎をそれぞれ１on１デートの相手に選んだのは、『どちらを落とすか決めるため』だって」

神田は俺をじっと見て続きを促す。

「もっと言うなら、俺がシーズン１では元々知り合いの３人については『落とす理由』を探していたって仮説を披露したのかもしれない。大崎が落ちた今、咲穂と俺が２人きりで話すことは、咲穂にとってはリスクでしかないいんだと、そう話した。違うか？」

「大正解だね。さすが平河」

「でも、どうして咲穂を狙ったかが分からなかったんだ。舞音を同じ理屈で説得することも出来たはずだし、ユウと莉亜にだって、『長く話した相手を落としている』というところだけ切り取ったら説得できるかもしれないのに。騙《だま》しやすそう、とか？　それとも、強敵だと思っていたか？」

「品川が、あたしにとって一番の恒星《スター》だったからだよ」

「スター……」

神田はいつになく素の表情で——少なくとも、俺にはそう見える表情で笑う。

「あたし、品川みたいに何かに強い執着って持ったことがないんだよ」

頰《ほお》をかく神田。

「『好き嫌いがない』って普通、嫌いなものがないって意味で使うけど、あたしの場合、文字通り『好き』もないんだよね」

「それが羨ましかったってことか？」

「うーん、それもあるけど……見てみたかったんだよね、そういう時の品川を」

いまいちその真意が摑《つか》めずに俺が首をかしげると、「あー、だから……」と、神田は続けた。

「あんなに恋にのめり込んでいる子が、その相手を自分から遠ざけないといけないことになったら、どうなるのか、どうするのか。それを見たかったんだ」

「何のために……？」

「何のために、って、そりゃ」

そして、さも当然のことのように神田は告げた。

「演技のためでしょ」

「演技の、ため……」

「うん。自分にない感情を知るのって大事なことでしょ？」

その表情に、呆《あき》れるような、ぞくぞくするような不思議な感覚を覚えた。

沸々と、笑いが込み上げてくる。

「ちょっと、平河。何がおかしいの？」

「神田は自分の執着に気付いてないんだな」

「どういうこと？」

顔をしかめる彼女に、俺は、真犯人を告げるみたいな心地で口にする。

「神田はさ、演技に夢中なんだよ。他には何も見えなくなるくらいに」

「演技に、夢中……？　ずっと？　あたしが？」

見やると神田の頭上にハテナが続出していた。

「神田は、生まれながらに演技が大好きなんだ。演技に激しい執着を持ってる」

「執着……」

「それこそ、物心つく前にそう思ってしまっていたもんだから、それがデフォルトになっちゃってて、自分が演技を好きとか嫌いとかそんなことすら考えたことがなかったんだろ。それに、演技への執着が強すぎるせいで、他のものに対しての執着が多少あったとしても、大したことなく感じられてしまったんじゃないか？」

「ええ、と。それは……」

神田はいきなり想定外のことを次々と注ぎ込まれて混乱をしているようだったが、一つ一つ咀嚼《そしゃく》して、

「ああ、そういうこと……なのかな？」

それでも嚥下《えんげ》出来ずに口の中で転がす。

「あとは、演技のために周りを冷静に観察する癖がついていて、その結果、自分を冷めた人間だと思うようになったんじゃないか？」

「ちょ、ちょっと待って。あたしの人生を根底から覆すようなことを突然……」

わたわたと神田は自分の前で手を振ったり首をかしげたり口をなぜかもぐもぐしたりす

る。

そして。

「……そっか、あたし、演技が好きなんだ」

と、ものすごく今さらに思える大発見をして、

「そっか、あたし、演技が、好きなんだ……！」

もう一度言いながら、瞳を輝かせる。

「本当に、品川の言う通りだ」

「咲穂？」

え、今のとこ、『平河の言う通りだ』じゃないの？

「ううん、そうじゃなくて、そうなんだけど、つまり……」

俺の心をナチュラルに読み取りつつ、神田は顔を赤くして、はにかむように笑う。

「平河は、人の本質を見てる、すっごくかっこいい人だってこと」

「神田……」

その時、俺の心の中に１つの疑問——２つの選択肢が生まれる。

「なあ、神田」

神田を見つめる俺を見て、勘の良すぎる彼女は、何かを悟ったらしい。

「神田は、」

「分かってる」

俺の話を遮り、神田はいつも通りの笑顔で微笑《ほほえ》む。

「平河が今頭に浮かべてる【運命の選択】、出してみて？」

「……いいのか？」

「選ぶのは、あたしだから」

内容の曖昧な、それでも俺たち2人では共有出来ているであろうその選択を、俺は具現化する。

＝＝＝

【運命の選択】

これからどうしたい？

Ａ：恋愛留学《れんあいりゅうがく》に参加し続ける

Ｂ：恋愛留学を辞退して、演技の現場に戻る

＝＝＝

　俺の発信した【運命の選択】を見た神田は、俺の喋《しゃべ》り方を真似《まね》て、こう言った。

「『神田は、演技に執着してるし、演技が大好きなはずだ。きっと、それが神田玲央奈なんだ。だから、もう俺の妻だなんてつまらないものを演じる必要はない。こんなところで回り道してる場合じゃないだろ？　それよりも、今じゃないと演じられない役柄を演じられるように、すぐにでも演技の現場に復帰するべきだ』……でしょ？」

「……ああ、そう思う」

　完全に的確に言い当てられて、苦笑いが浮かぶ。

「でも、神田の言う通り、選択権は神田にある」

　これはフラワーセレモニーじゃない。俺は立場上、確実に『Ａ：恋愛留学に参加し続ける』を選ぶ。あとは、神田の思ったようにすればいいだけだ。

「ねえ、平河」

　神田はそっと俺の右手を握って、

『Ａを選んでほしい時には、右手で鼻を触って。Ｂを選んでほしい時は、左手で耳を触って』

　――そっと、俺の鼻に触れさせた。

「ありがとう」

神田は涙目で微笑んで、そして、スマートウォッチでどちらかを選択した。

俺のもとに、その通知が届く。

＝＝＝

真一様と同様に『A：恋愛留学に参加し続ける』を選んだ方はいませんでした。

＝＝＝

「……そうか」

彼女は俺にぎゅっと抱きついた。

「……でもね、平河。この留学は決して回り道なんかじゃなかったよ」

耳元で囁《ささや》く綺麗《きれい》な声。

「どうしてだ？」

「『恋』って気持ちをやっと実感を持って知ることが出来たから」

「それって……」

彼女の高鳴る心臓の音が、そして潤んだ声が、何よりの答えだった。

そして神田は、俺から身を離し、一瞬聞こえた潤んだ声が嘘《うそ》みたいに、綺麗な笑顔を見せる。

「だから、これからは、自信を持って恋する女の子を演じられる」

その笑顔が演技だったのか、素だったのかは分からない。けど。

「ありがとう、平河。あたしの初恋があなたで良かった！」

神田玲央奈じゃないと出来ない笑顔だったことだけは確実だと、俺はそう思った。

そして、神田は俺の背後に回って、目の前、引き潮停の外を指差してから、俺の背中をぐっと押す。

「……行くべき道は、見えないだけでずっとそこにあったんだね」

そこには、先ほどまでの荒天が嘘みたいに、晴れ間が差していた。

第9章　Round6：究極の利害関係

「はぁ、はぁ……!!」

俺は神田《かんだ》から教えてもらった崖を目指して走っていた。

そして、その麓にある洞窟に到着する。

だが。


「いない……!?」


そこに咲穂《さきほ》はいなかった。

洞窟を抜けてみても、まだ見つからない。

俺は踵《きびす》を返して、崖を登る。

高いところからなら、あるいは……!

俺は足を全力で動かしながら、頭をフル回転させる。

……そうだ、俺たちは今、全員デートの状態になっている。

神田が脱落した時に、全員が復活しているはずだ。それは現状、物理的にデートに参加することが可能なはずの咲穂も同様に。

ならば。

俺は走りながら、【運命の選択】を発信する。

＝＝＝

【運命の選択】

　1分後に南島にいた人とデートする？

　A：Yes

　B：No

＝＝＝

制限時間は、10秒。

なんでも良かった。

とにかく、咲穂が断るようなもので、他のメンバーのうち誰か1人でも肯定するものなら。

10秒後、通知が来る。

デート継続は真一《しんいち》様と同様に『A：Yes』を選んだ
神田玲央奈《れおな》様
の1名様です。
＝＝＝
＝＝＝

「……ありがとう、神田」

さすがは神田だ。

離れていてさえも、俺の心を的確に読んでくれる。

――これで、咲穂の位置が分かる。

崖を登り切りそうなところで、アラーム音が鳴った。

「……咲穂」

10m以内に咲穂がいるということだ。

これ以上近づくと咲穂に電流が走ってしまう。

俺はスマートウォッチを外して投げ捨てた。

「もったいないな」

でも、さっき、神田と谷底に行く前に、十条《じゅうじょう》さんに許可は取っている。

許可というか、そこらへんを跳ねていた小さいカエルを捕まえて手のひらに載せながら、

「十条さん、万が一の時は花嫁候補の安全のためにこのスマートウォッチを外しますがいいですか？」

と聞いただけだけど。

あれは脅迫にあたるんだろうか、などと考えなくもなかったが。

そして1分後。

俺は、咲穂を見つける。

――おおよそ、最悪の状態の咲穂を。

「咲穂！」

咲穂は、崖の下で、ゴムボートにしがみついていた。

莉亜《りあ》とユウとのデートの時に乗り捨てたゴムボートだ。

「うわぁぁぁぁぁ!!」

気付いたら俺は崖から海に飛び込んでいた。

一瞬世界が暗い藍色に沈み、呼吸が出来なくなり、数秒して肺に空気が戻ってくる。

……大丈夫、無事だ。

荒波に揉《も》まれながらも、ゆっくり、しっかり、咲穂に近づいていく。

「しん、いち……！　たかい、ところ、から……」

俺の名前を呼びながら微笑《ほほえ》み、目を閉じる咲穂。

「なにやってんだよ、泳げないくせに……」

「だって、しんいち、が、……」

そこまで言って咲穂はそっと目を閉じる。さすがに脈を取る余裕までは俺にもないが、おそらく身を委ねられるモノが来たことで安心して意識を手放しただけだろう。

いずれにせよ、陸地に戻るのが最優先だ。

とはいえ、意識を失った咲穂を連れてこの荒波の中、浜まで泳げるか……。

逡巡《しゅんじゅん》をしていたその時。

「平河《ひらかわ》！　品川《しながわ》！」

とても魅力的で、よく通る声が俺の耳元に届いた。

「これ！」

見やると、唯一俺のスマートウォッチに近づける花嫁候補——神田玲央奈が俺が飛び込んだ高い崖から救助用の浮き輪を投げ込んでくれる。

「ナイスピッチング……！」

俺はそれをキャッチして、咲穂にかけてやる。

浜に上がるものの、咲穂は目を閉じたまま。溺れている間に水を飲み込んでしまったのだろう。

先ほど神田がいた場所からここまでは陸路だと遠回りになってしまうため結構遠い。来たとしても、神田が『それ』のやり方を知っているかは分からない。俺はバイクの教習の時に教わったが、別に学校で習うものでもないし。

……もう、待っている場合じゃない。

俺は、意を決する。

咲穂の鼻を摘《つま》んで、すぅ……と息を吸って。

……咲穂の唇に唇をあてて息を吹き込んだ。

２度繰り返し、胸元を圧迫する。

するとややあって、

「けほ、けほっ……」

咲穂は無事に息を吹き返した。

「良かった……」

うつろな目で咲穂は俺を見る。

「これって、真一の、ふぁーすと、きす……？」

「あほか……」

言いながら安堵《あんど》のため息をついた。そんなことにまで気が回るくらいならもう大丈夫だろう。

「わたし、このまましんでもいいかも……」

「ばか、死なないためにやってんだろうが」

咲穂は俺の頬《ほお》に手をあてて微笑む。

「どうして海に入ったりしたんだよ？」

「だって、これをやっと見つけたから……」

そう言って咲穂は、手の中に摑《つか》んだものを見せてくれる。

「これ……！」

それは、平べったくてつるつるした石ころだった。

「咲穂、もしかして……」

「わたしね、もう一回水切り教えてって、一緒にやろうって、言おうと思ってたんだ」

咲穂は微笑みを浮かべて続ける。段々と意識がはっきりしてきたらしい。

「真一がこの島でわたしのために泳ぐのを避けたりしてくれてるのを見て、わたしが真一に付けていた枷《かせ》の重さに気付いたの。そしてそれが、真一がストーカーのわたしを拒絶出来ない理由だってことにも。真一が誰よりも優しいこと、わたしは知ってるから」

それは、さっき神田にも言われたことだった。

『平河は、品川が泳げなくなったことが自分のせいだって自分を戒め続けてるんだ。だから、特に水辺では、必然的に平河は品川に甘くならざるをえない。責任を取るために』

「もしかしたら、この責任がなくなったら、真一はどこかに行っちゃうかもしれない。むしろ、『責任取ってね』って真一に迫ったら真一はわたしを選んでくれるのかもしれない
……でもね、」

一呼吸置いて、

「そんなの、真実の愛じゃないでしょ？」

そう言い切った。

「真実の愛ってなんだよ……？」

俺はその想《おも》いの強さに気圧《けお》されて、呆然《ぼうぜん》と口にする。

自分が手に入れたいもののために、執着しているもののために、何をしてでも他の人を押《お》し退《の》けて、出し抜いて、勝ち抜く。

恋愛留学《れんあいりゅうがく》って——人生って、そういう勝負なんじゃないのか？

「そんなの、知ってて当然な当たり前の常識だよ？」

だが、彼女は俺の入り組んだ脳内を光で照らすような声音で告げる。

「真一が『仕方なく』じゃなくて、本心から選んだ道じゃないと、真一は幸せになれない」

「俺の幸せ……？　咲穂の幸せじゃなくて？」

「だって、わたしが幸せを感じるのは、真一といる時じゃなくて、」

咲穂は聖母のように笑う。

「真一が幸せな顔をしてるのを見てる時だよ？」

「咲穂……！」

「だから、真一が、もう、わたしにごめんって思わなくていいように。真一の枷が取れるように。まずはスタートラインに立てるように、水切り、一緒にしたいなって」

「ばか、咲穂が溺れたら何にもならないだろ……！」

無意識のうちに、俺は咲穂を抱きしめていた。

「真一だって、わたしを助けるために、高いところから飛び降りたくせに……」

「それは……」

そんなの、当然だ。というか、言われて初めて自分が落下恐怖症であることを思い出した。飛び込んだ時には、そんなこと、チラつきもしなかった。

いや、正確に言うなら、それよりも、怖いことがあった。

——咲穂を失うことが、何よりも怖かった。

「えへへ、『利害が一致している間柄』ってこういうことなんだろうなあ」

「……利害？」

「真一がいつも言ってるでしょ？　利害の一致って。わたしもちょっとは分かるようになったよ」

「俺と咲穂の利害なんか、一致したことないだろ。俺はストーカーされたくないのに咲穂はストーカーするし、来るなって言っても来るし……」

「何言ってるの？　利害、一致しまくりだよ？　だってね、」

『何言ってるの。利害、一致しまくりよ。だってね——』

言葉が、面影が重なる。

……そして、その先を咲穂は口にした。

「真一が幸せになればなるほど、わたしは幸せになる。わたしが幸せになればなるほど、真一も幸せになってくれる。違うかな？」

「咲穂……」

言葉を失った俺に向かって、ダメ押しみたいに、彼女はこんなことを言う。

実は今まで一回も俺に言ったことのなかった言葉を。

「愛してるよ、真一」

第10章　急展開と急旋回

「ごめんなさい」

その日の昼下がり。

コテージに集まったみんなの前で、神田《かんだ》がここまでの経緯を説明してから深々と頭を下げる。

少しの沈黙が流れ、気まずい空気になった……かと思いきや。

「ねえ、シン。レオナは、何を謝ってるわけ？」

ユウが俺の服を引っ張る。

「え、それは……」

俺ではなく神田が怪訝《けげん》そうに顔を上げた。

「だって、あたしがあんなことを言わなかったら品川《しながわ》は……」

「レオナは、サキホが泳げないコトを知ってて、海に突き落としでもしたわけ？　単純にアドバイスをして、それでサキホが暴走しただけでしょ？　しかもそのアドバイスだってまるっきり間違いってわけでもないわ」

「マノンも不可解です。別に嘘《うそ》をついたわけじゃありませんし、ましてや嵐を起こしたわけでもありませんし。玲央奈《れおな》さんのその行動がアウトだとしたら、全員アウトばかりです」

「だねぇ♡　ていうかぁ、橋を落とした咲穂ちゃんが絶対一番悪いよねぇ？♡」

ユウと舞音《まのん》と莉亜《りあ》は、許すというか問題にもしない。

「ねえ、それ全部わたしが言うなら分かるんだけど、みんなが言うのおかしくないかな……？」

ベッドに腰掛けた咲穂が顔をしかめる。

「「「………」」」

だが、他３人は全員無視。

こんなに咲穂に当たりが強かったっけ……？

と思っていると。

「不可解です。お兄ちゃんからファーストキスをもらっておいて、さらに同情まで引こうというのですか。卑しい人です」

「ホント、サイアクよ。このアタシだって、ほっぺで許してあげたっていうのに。付き合ってからどうこうっていうあのポリシーはどこにいったわけ？」

「そぉだよ？　残ってる初めては、りぃが絶対もらうからね？」

ああ、それで冷遇されてるんだ……。

「……ふへ」

ふへ？

「ふへへえ、ごめんね、みんな？　真一《しんいち》のファーストキスはわたしがもらっちゃったんだよね？　でも、これもしょうがないよね？　真一はわたしに生きててほしいって心の底から思っちゃったんだもんね？　わたしにファーストキスをあげたいって思っちゃったんだもんね？　それに、わたしが一番最初に真一とちゅーしたいって思ってたわけだから、わたしがもらうのが当然だよね？　大崎《おおさき》すみれでも出来なかったこと、しちゃったよね？

ふえへへへへ……」

「……品川が幸せそうで何よりだよ」

「まあ、とりあえずレオナが気に病む必要はないってコトよ」

「みたいだね」

神田はほっと胸を撫《な》で下ろす。

ちなみに、先ほど十条《じゅうじょう》さんと神田と相談して、神田が辞退する話は六本木に戻るまではしないことになった。

フラワーセレモニーが意味を為《な》さなくなってしまうためだ。

十条さんが呼びかける。

「これで【運命の選択】はすべて終わりとなります。なので、結果発表をさせていただきます」

十条さんが指を鳴らすと、壁のプロジェクターにスライドが表示される。

「結果発表？　なんの？」

「不可解です。今回は対決方式じゃないはずでは、……あっ」

「そぉいえばあれが残ってたねぇ？　……えー、やるのぉ？」

「もう無敵状態だからいいんじゃないかな」

「ふへへ……」

そこに表示されたスライドは。

＝＝＝

【結果発表】

真一様と同じ回答をした数は……

1位：神田玲央奈　様（10回）

1位：渋谷《しぶや》ユウ　様（10回）
3位：目黒《めぐろ》莉亜　様（7回）
4位：平河《ひらかわ》舞音　様（6回）
5位：品川咲穂　様（2回）

となりました。

＝＝＝

「予想通りじゃないですか。不可解です。こういうのって最後にどんでん返しがくるものではないのですか？」

「あはは、ディアスリーの時はそうなってたんだけどね……。ま、事実は物語ほどは上手《うま》くいかないってことか」

「でも、つまりこれって、シンが合わせに行った時以外は、サキホって完璧に不正解を当ててたってコトよね……!?」

「はぁ……だねぇ。全問不正解するためには、全問正解出来る知識が必要ってことかぁ……」

4人の花嫁候補が口々に文句を言う中、スライドが切り替わり、

「えっ……!?」

俺含む6人が驚嘆の声を重ねる。

＝＝＝

よって、最後の1on1デートに行く方は

平河舞音　様

です。

＝＝＝

「うそ……!」

先ほどまで満面のだらしない笑みを浮かべていた咲穂の表情が急速に萎《しぼ》んでいく。

「えっと、どうしてかな？　集計ミスですか？　わたしが一番少ないですよね？」

その問いかけを、

「品川様は、まだデートに赴《おもむ》ける状況ではございませんので。物理的に参加出来ない場合は集計にも不参加となります」

十条さんはバッサリと切り捨てる。

「ううん、わたしは行けますし、もし動けないなら看病デートっていうのも」

「まだデートに赴ける状況ではございませんので」

食い下がる咲穂を十条さんがもう一度遮った。

「ねえレオナ、コレってもしかして……」

「あはは、十条さんももしかして怒ってる……かも？」

「こわぁい……」

そして、驚嘆に目を見開く俺の義妹。

「マノン、やっとお兄ちゃんと2人きりになれるのですか……？」


すっかり晴れ上がった空。

俺と舞音は2人きりで北島の夕暮れの海岸を歩いていた。

「珍しいな、日差しってあまり得意じゃないだろうに、自分からこんなところを選ぶなんて」

俺はスマートウォッチを捨ててしまったので、もう【運命の選択】のシステムはない。

この追加《エクストラ》デートの内容自体に俺は特に希望がなかったので、舞音に委ねたところ、「北島の海岸を歩きましょう、お兄ちゃん」と答えが返ってきたのだ。

「まあ、せっかくですので。ところで、お兄ちゃん、ここらへんは少し足場が悪いので、お兄ちゃんの妹はたまに転びそうになっています」

「お兄ちゃんの妹って自分のことじゃん……。気を付けて……？」

何言ってんだろう、と俺が眉根を寄せていると。

「不可解です。マノンのお兄ちゃんはどこまで察しが悪いのでしょうか。妹が転ばないように手を握るのは、古来より兄の役目かと思いますが」

「ああ、そういう……」

「……もういいです。お兄ちゃんにはもう期待しません」

舞音はそう言って、俺の手をきゅっと握る。

「お兄ちゃんから繋《つな》いでくれるのを期待したマノンがバカでした」

そして、ほんの少しだけ口角を上げて見上げてくる。

「おう……」

……そこで、俺は舞音が俺越しに何かを見ていることに気が付いて振り返る。すると。

「ああ、それで北島の海岸を選んだのか……」

先ほどまで全員集合していたコテージの窓に張り付いて、残された4人が俺たちを見ていた。

「不可解です。お兄ちゃんが何のことを言っているのか……」

涼しい顔で答える舞音。分かってるくせに……。

「冗談はさておき」

舞音は声のトーンを硬くして俺をじっと見つめた。

「大切なお話があります、お兄ちゃん」

シーズン1の時からずっと抱えていたであろうその話を、ついに聞くことになる。

「実は、真之助《しんのすけ》お父さんとマノンは、とある協定を結んでいるのです」

舞音はそんな告白から話を始めた。

「協定……？『自分のためだけに好きなことだけをしていい』っていうやつか？」

「それもですが、それだけではありません」

「……？」

眉根を寄せる俺に、舞音は、想像以上の事実を突きつける。

「マノンたちは、ＡＩでの死者の意識の蘇生《そせい》をしようとしています」

「蘇生……⁉」

突然出てきたあまりにも荒唐無稽に思える話に俺は目を見開く。

「突然こんなこと言ってすみません。でも本当なのです。……もう少しだけ前提になるところからお話ししますね。お兄ちゃんも知っての通り、マノンの両親は、マノンが３歳の時に交通事故で亡くなりました」

「そう……言ってたよな」

舞音が話を続けるので、とりあえず聞こう、と姿勢を正した。

「マノンはずっと、両親とお話がしたかったのです。どうにかそれを実現出来ないかを考えて過ごしていたある日、人工知能《AI》の力で、それを叶《かな》えられるのではという仮説を立てました。ＡＩに、これまでマノンの実のお父さんとお母さんが話した言葉や書いた言葉を学習させて、会話が出来るように育てていくのです」

「もしかして、それで……？」

俺の空中分解した疑問文をしっかりと汲《く》み取って、舞音はそっと頷《うなず》いた。

「はい、そのために、マノンの両親が使っていたスマートフォンおよびＡＩスピーカーを扱っているヒラカワのデータにハッキングを試みました」

ヒラカワの開発したスマートフォンには随分前からＡＩアシスタント機能が搭載されて

いる。『Hello, Trind《ハロー、ツリンド》』と声をかけることで起動し、色々なことを指示することが出来るというものだ。

音声認識で起動するという規格上、常に周囲の音声を収集する必要があることから、Trindが起動していない時に収集した音声データも含めてヒラカワが吸い上げて、保管してビッグデータとして活用しているという噂《うわさ》が以前立っていた。

だから、舞音はその膨大なデータから自分の両親の会話データを抽出しようとしたのだろう。

小学2、3年生の子供が考えることとは思えないが、そこは『彼女は舞音だから』というほかない。

「結局それは阻止されましたが、お義父《とう》さん――平河真之助さんはマノンのしようとしたことに気付いたのです。そして、協力しようと手を差し伸べてくださいました」

そこまで聞いて、改めて舞音が自己紹介の時に話していたことがフラッシュバックする。

『マノンは、お人形さんが作りたいのです』

「じゃあ、お人形って、まさか……!」

舞音はそっと頷く。

「はい。マノンは死者と会話が出来る人形を作ろうと思っているのです」

「えー、まじで？　やばー……」

「お兄ちゃん、言葉遣いが若者みたいになっていますよ」

いや、みたいっていうか、お兄ちゃんそれなりに若いからね……？　ていうか。

「それは、俺の父親もっていうこと……だよな？」

「はい。つまり、真之助お父さんは、お兄ちゃんのお母さんを蘇《よみがえ》らせるために必死だったのです」

「ええ……」

息子、ドン引きなんですけど……。

「でも、どうして、父親はそれを俺に伝えなかったんだ？」

「いくつも理由があります」

「いくつもあるんだ……」

「そもそも秘密裏《ひみつり》に実行している計画です。この計画は結局、ヒラカワがＡＩスピーカーでユーザーさんの声を吸い上げることで成立していますから」

「あ、それはそうなんだ……」

大問題じゃん。

「さらに、倫理的に問題になる可能性があります。意識だけとはいえ、死者を蘇生するというのです。ある意味ではクローンを作り出すのと同じですから」

「はあ……」

あまりにもSF的な——つまりフィクション然とした話ではあるものの、クローン技術によってヒトを生成することが倫理的な禁忌に反するというのは聞いたことがある。

「そして、何よりも、真之助お父さんは……」

そこでマノンは少し言い淀《よど》んで、

「お兄ちゃんに自分と同じ道を歩んでほしくない、と思っているのですよ」

と言った。

「どういう意味だ……？」

「真之助お父さんは、楓《かえで》さんの死に目に会うことが出来ませんでした。それは、忙しすぎる仕事のせいだったのです」

「それは、まあ……」

俺の父親は、母が危篤時、海外出張に赴いていた。

佳境に入っているプロジェクトがあり、それが上手《うま》くいかなければ大規模なリストラを行わないといけないかもしれない、というくらいの切羽詰まった状況で、父は母よりも会社を選んだ。

俺はその選択自体を一概に責められないとは思った。母は、胸中はどうだったか知らないが、少なくとも口では「いいのよ。別にあの人が帰ってきたところで治るわけじゃないし」と笑っていた。

だが、父親自身は。

「真之助お父さんは、激しく後悔したそうです。その後悔がどうしても拭えなかった、と、どうしても最後に一言言いたかったことがあった、と。それを伝えた時に楓さんがどんな反応をするのかだけでも見たかったと、そう話していました」

「そう、だったのか……」

舞音にその話をしたということは、当然、時系列上、母親が逝去した後ということになる。つまり、今の暴君として知られる男になった後に、彼はそんなことを漏らしたわけだ。

「そして、このＡＩによる死者蘇生のプロジェクトの存在を聞いた時点で、お兄ちゃんはこのプロジェクトと心中《しんじゅう》する必要が出てきます。自らそれを志しているマノンとは違って、お兄ちゃんにその決断を迫ることが、真之助お父さんは出来なかったのです」

「ええ、と……」

父親の心遣いだかおせっかいだか分からないが、そういうものはなんとなく分かった。

でも、だとしたら、なおさら。

「舞音はどうして俺にそれを話した……？」

「不可解です」

舞音は顔をしかめる。

「それは、自己紹介の時にお話ししたはずですが？　真之助お父さんが引退する前にこのプロジェクトが成功するとは限りません。だとしたら、次の寄生先はお兄ちゃんしかいないないですか？」

「寄生先って。いや、そうかもしれないけど、今舞音に聞かされたせいで、俺、もう後戻り出来ないんだが……？」

当然の質問をすると、舞音はもう一度「不可解です」と首をかしげる。

「どうしてマノンがお兄ちゃんの将来のことなんか考えないといけないのです？」

「えぇー……」

咲穂が一番やばいって思ってたのは誰だよ、俺の義妹、超やばいじゃん。

『いずれにせよ、時がくればお兄ちゃんと結婚しないといけないと思っていましたので』

舞音が俺のことを好きなわけじゃないと話していた理由も、全部合点がいった。

舞音は、ツンデレでもクーデレでもなく、本当の本当に自分の目的のために俺を利用しようとしているだけなんだ。

「……まあ、それだけではありませんが」

「ん？」

「昨日、莉亜さんに、変なことを聞かれたのです」

「変なこと？」

突然舵《かじ》を切られた話に俺は首をかしげる。

「兄としてのお兄ちゃん……平河真一と、夫としての平河真一、どっちがいいのか？と」

「はあ」

それはまた哲学的な問いだな……？

「最初、何を言いたいのか分かりませんでした。意味のない質問だと思いました。でも、一晩考えてみて分かりました」

「どうだったんだ？」

「意味のない質問だってことが分かったんです」

内心でずっこける俺をよそに、舞音は真顔で続ける。

「お兄ちゃんが……平河真一が平河真一である限り、舞音は一緒にいたいのだと、そう思うのです」

「舞音……！」

その言葉は俺に大きな衝撃を与えた。

「それって……」

「……知りません。話を戻しますよ」

「いや、でも……」

「ダメです。戻します」

舞音は頬《ほお》を赤らめて、俺をぺしぺし叩《たた》く。

「はあ……」

俺は諦めのため息と、なぜか込み上げてきた謎の笑いを吐き出して、舞音に向き直る。

「じゃあ、戻すけど……。舞音は、俺の父親は本当は善人だと、そう言いたいわけだな？」

「まあ、ユーザーの声を勝手に吸い上げていたり、死者蘇生に手を染めているあたり、一般的な意味での善人かは分かりませんけど。ただ、お兄ちゃんが思っているような悪人ではないのだと思いますよ」

大体予想がついてきたが、一応疑惑を解消しておくか。

「『繁忙期に有給申請を提出した社員に憤って地方に左遷した』っていうのは？」

「その社員が繁忙期に有給申請を提出した理由は、福岡のご実家のお母様が大病にかかってしまって、どうしても一度実家に帰省して会っておきたい、という理由でした。だから、真之助お父さんは、その社員さんの希望も踏まえて、福岡支社に転勤させたのです」

なるほど。

「『出張中、自分に口答えした管理職を即解雇すると脅迫した』っていうのは？」

「同じことです。海外出張中、お子さんが交通事故に遭って骨折をしてしまったと連絡を受けた管理職の人に真之助お父さんは『すぐに帰れ』と指示を出しました。ですが、その管理職は『おおごとではないので、このまま出張を続けます』と口答えしたのです。押し問答の末、お父さんは『帰らないのであればお前を解雇する』と脅迫をして、帰したとのことです」

ですよね……。

「じゃあ、『何があっても自分に逆らわないという誓約書にサインした人間だけの部署を作り、特別待遇をしている』っていうのは……」

「それは、この、ＡＩでの死者蘇生《そせい》をするための部署のことです。マノンもそこのメンバーです」

「そうだったのか……」

俺は打ちひしがれていた。最後のはともかく、前２つは真相を教えてくれたってよかったはずだ。

「つくづく、俺は父親から信頼されていないんだな」

乾いた笑いを吐き捨てた瞬間。

「そうじゃないわ、平河くん」

……ガラスみたいに綺麗《きれい》で鋭くて透明な、彼女の声がした。

振り返ると、そこには。

「大崎……!?」

俺の唯一の元カノ・大崎すみれが、腕を組んで憮然《ぶぜん》とした表情で立っていた。

「どうしてここに……？」

「平河くんに伝えないといけないことがあって、わざわざ飛んできたわ、文字通り、ヘリコプターでね。あなた、この文明社会の最中においてもスマホを持っていないなんてファンタジーなことをしているものだから、こうして直接来るほかなかったのよ」

「この場所はどうやって分かったんだ？」

「十条さんと連絡先を交換していたのよ」

「じゃあ、十条さんに電話して代わってもらえば良かったんじゃ……？」

「あっ」

あっ？

「どんな手を使ってでも平河くんの顔が見たかったのよ。何かおかしいかしら？」

それ、何もごまかせてないんだけど……。

「不可解です。未練がましいにもほどがあるのではないでしょうか」

「ふん。不可解なままでいなさいな。それよりも……」

大崎はそっと俺の隣に屈《かが》んだ。

「そうじゃないのよ、平河くん。あなたのお父様と話をしたわ」

「どうして……？」

「平河くんの吹き込んだメッセージがあったでしょう。あの件を、すぐさま私の父が平河くんのお父様に連絡したらしいの。そうしたら、返してもらった私のスマホに電話が掛かってきたわ」

「うちの父親が……？」

彼は鬼のように忙しいと思ってたんだけど。

「恋愛《れんあい》留学《りゅうがく》のことを知らなかったみたい。それでまずは十条さんに電話をしたのだけれど、十条さんには着信拒否されているとかで……」

「へえ……」

反抗期の子供みたいなことするな、十条さん……。

「で、色々聞かれたわ」

「ああ、俺の母親のやることが気になったってわけか……」

舞音の話だと、かなりの愛妻家というか、もはやワイフ・コンプレックスの域だからな……。

「それもそうでしょうけれど、質問はあなたのことばかりだったわよ」

「俺の……？」

「真一は元気だったかとか、真一はどんなことを言ってたかとか。そういうことばかり。まったく、『あの、私はあなたの息子さんにフラれたばかりなのですが、お気は確かですか』と反撃しそうになったくらいよ」

「へえ……？」

父親が俺を気にしているという事実に頭がついていかず、大崎がちょっとアナーキーなことを言っているのにも対応出来ない。

「まあ、とにかく。お父様は、平河くんが人脈ミニマリストになった本当の理由に気付いているの」

大崎のその言葉に全身に鳥肌が立つ。強張《こわば》った身体《からだ》と心でその先を聞いた。

「平河くんは、もう、大切な人を失いたくない。だから……もう、誰一人大切な人を作りたくないのよね？」

「…………！」

「だから、お父さまは、平河くんを突き放したそうなの。お金だけを送る、血が繋《つな》がっているだけの冷酷で無慈悲な父親に成り切ろうとした。要するに……嫌われようとしたのよ」

大崎は鼻からため息をついて、そして。

「それを聞いて分かったわ。平河くんが舞音さんを置いて家を出た理由も、品川さんが家に来るのを拒絶する理由も」

認めるわけにもいかない俺を見て、呆《あき》れたように、だけど優しく微笑《ほほえ》む。

「……あなたたち、そっくりだわ」

「だとしたら、俺は……」

俺はたまらず立ち上がる。すぐにでも帰らなくちゃいけない気がした。

「舞音、悪い。デートはここまででもいいか？」

「まあ、お話ししたいことはお話し出来ましたので。でも、すみれさんはいいのですか？

せっかくこんなところまで来たのに、登場時間が数分ですが」

「あ、ああ……そうだな。大崎。みんなに会っていくか？」

俺が窓を指差すと、窓に張り付いた４人が大きく手を振ったり飛んだり跳ねたり窓を叩
いたりしてこちらにアピールしている。

こんなことがあっても、十条さんは部屋にみんなを閉じ込めているらしい。

「どうして私があの女たちに会わないといけないのかしら？」

大崎は不愉快そうに顔をしかめる。

「どうしてって……。その、あいさつというか、なんというか」

「私、彼女たちのこと、死ぬほど嫌いなのだけど？」

「へ、へえ……」

まあ、大崎らしいと言えば大崎らしいのかもしれない。

「不可解です。本当にお兄ちゃんに会うためだけにここに来たのですか……？」

「いいえ、舞音さん。あなたにも用があるわよ」

「なんでしょう……？」

「私、あなたたちのそのプロジェクトに参加することにしたの」

「は……⁉」「え……⁉」

平河兄妹《きょうだい》は２人して驚愕《きょうがく》の声をあげる。

「手土産《てみやげ》に日本の通信最大手・大崎ＨＤ《ホールディングス》の通話履歴を全部持っていくわ」

大崎は片目をつぶってみせる。

「……ふ、不可解です。それはとても有用なデータになりますが、すみれさんは誰を蘇《よみがえ》らせたいのです？」

「そんなの決まってるわ」

そして、大崎は俺の腕を取る。

「いつでも平河くんと話せるように、平河くんのＡＩを私のスマホに入れたいのよ」

「えー、まじで？　やばー……」

今度は舞音の話し方が若者みたいになってしまった。

第11章　運命の選択《フラワーセレモニー》

六本木にはヘリコプターで帰ってきた。

十条《じゅうじょう》さんを含めた7人（大崎《おおさき》は本当にあいさつせずに帰った）をパイロット抜き5人乗りのもの2台で運んでくれるということになったのだが、十条さんが気を遣ってくれたらしく、俺と十条さんの2人と花嫁候補5人という振り分けになった。

一回、花嫁候補（特に莉亜《りあ》、ユウ）から苦情が出はしたものの、

「真一《しんいち》様にはじっくり考えることがございますので」

の説明でみんな押し黙った。

十条さんが言うところの『考えること』がなんなのかを、みんな知っているからだろう。

……神田《かんだ》だけは読みきれない表情で首をかしげていたけど。

そして、俺は、帰りのヘリコプター内で、とあるお願いを十条さんにしていた。

俺の申し出に十条さんは大きく目を見開き、

「真一様、そんなことをしてしまっては……」

と言った後、俺の決意が固いことを認めたのか、

「……分かってしまったのなら、仕方ありませんね」

と微笑んで頷《うなず》いた。

「それでは皆様、心の準備はよろしいでしょうか」

かくして、俺と5人の花嫁候補は、六本木スカイタワーの屋上リゾートプールに集まっていた。

そう——シーズン2の終わりを告げるフラワーセレモニーだ。

フラワーセレモニーを呂形島《ろかたじま》でやらずに六本木に戻ってきたのは、俺に考える時間を与えてくれるためだったのだろう。

でも、ヘリコプターで帰って間もなくのフラワーセレモニーの開催をお願いした。

俺の傍《かたわ》らには、少し高めの司会者用の演台みたいなものがあり。

その上に載っているブーケの数は。

「……花束が、1つ？」

舞音《まのん》が気付いて呟《つぶや》いた事実に、他の4人もざわつく。

「どういうことかな……？」

「急展開にもほどがあるわ、シン……！」

「うそぉ……」

「本当に、一筋縄でいかないなあ、平河《ひらかわ》は」

5人の呆《あき》れたような戸惑ったような言葉を受け止めて、十条さんが続けた。

「こちらに1つのブーケがございます。こちらを、これから真一様からお1人に渡していただきます。そして……」

十条さんの淡白な声が響く。

「その方には、真一様と婚約をしていただきます」

5人の間に激震が走る。

それはそうだろう。

丁寧に、5シーズンかけて1人ずつ落としていくという前提が崩れた。

だとしても、俺は。

「……それでは、真一様、お願いいたします」

そこだけは前回とまったく同じ言葉で、俺に引き継がれる。

「突然のことで驚かせてしまいすみません。でも……」

俺は訥々《とつとつ》と、話を始める。

「結果が分かった以上、ためらっている時間はありません。明日俺は死ぬかもしれないから」

『あんたは、何歳まで生きるつもり？』

『それが、明日までかもしれないわ。だったら体験して早すぎるコトなんて１つもないでしょ？』

俺はそれを、渋谷《しぶや》ユウから教わった。

「ずっと、恋愛だなんて……愛はおろか、恋だってなんなのか、本当は分かっていませんでした。でも、この恋愛留学《れんあいりゅうがく》を通して、少なくとも俺は恋を知ることが出来たように思います」

『私も、平河くんの容姿が好き、声が好き、性格が好き。……そして、その全部がもし変わってしまったとしても、平河くんのことが、大好き』

俺はそれを、大崎すみれから教わった。

「本当は、特定の誰かを特別に思うことが、ずっと怖かったんです。その人でないと埋まらない部分を、心に持つのが、どうしても怖かった。でも、それを乗り越えられるものがあるということも知ることが出来ました」

『お兄ちゃんが……平河真一が平河真一である限り、舞音は一緒にいたいのだと、そう思うのです』

俺はそれを、平河舞音から教わった。

「家族が出来るということは、きっと俺が想像している通りの大きくて重い枷《かせ》で……でも、多分それだけじゃなくて」

『それはそうだけど、家族を養うためだからなぁ』

『いいんだよぉ、これはお姉ちゃんの仕事だからねぇ』

俺はそれを、目黒《めぐろ》莉亜から教わった。

「きっと、それこそが……究極の利害関係なんだろうなと思うようになりました」

『何言ってるの？　利害、一致しまくりだよ？　だってね、』

『真一が幸せになればなるほど、わたしは幸せになる。わたしが幸せになればなるほど、真一も幸せになってくれる。違うかな？』

俺はそれを、品川咲穂《しながわさきほ》から教わった。

「……だから、もう、俺は1人を決めました。自分の進むべき道を、見つけました」

『……行くべき道は、見えないだけでずっとそこにあったんだね』

俺はそれを、神田玲央奈《れおな》から教わった。

「その１人の名前を、これから呼ばせてください」

５人が固唾《かたず》を呑《の》む音が聞こえた気がした。

それは、もしかしたら自分自身の心音だったのかもしれない。

俺はこれから、その人の——たったひとりの名前を呼ぶ。

それは俺の人生を変えてしまうような、運命の選択で。

先に謝っておく。

どうも予想通りの結末で申し訳ないが、人の心は、ミステリー小説ほど複雑には出来てないらしい。

目を閉じて、開いて。

そっと、息を吸った。

「……品川咲穂さん」

目を見開いた咲穂が俺の前に歩いてくる。

途中から目が涙の雫《しずく》でいっぱいになるが、それでも彼女はこの現実を少しも逃したくないというように、目を伏せることなく、ずっと俺を見ていた。

「この花束を、受け取っていただけますか」

「ねえ、真一……これって夢じゃないよね？」

「夢じゃないけど……」

俺はあの夢を思い出す。

「……多分、夢がここまで連れてきてくれたんだろうな」

エピローグ　サイカイ

最後のフラワーセレモニーから1年後。

ついに結婚出来る歳《とし》になった俺は、俺より少しだけ遅れて結婚出来る歳になる咲穂《さきほ》と共に、車に揺られていた。

「緊張するなあ……」

婚約・結婚となれば、やはり双方の両親への挨拶は避けては通れない。

咲穂のご両親への挨拶は、信じられないほどにスムーズだった。仮にも幼馴染《おさななじみ》だから顔見知りではあるのだが、それ以上に先方のご両親は俺のことを知っていた。ものすごく詳細に、何もかもを、だ。どうやらストーカー気質は遺伝子に刻まれたものらしい。

いわゆる『娘さんを僕にください』『お前に娘はやれん』的な戦いを覚悟していた分、そういった試練が訪れなかったのは正直ありがたかったが……。

とにかく、新婦家族へのご挨拶の次は新郎側の家族――つまり俺の家族への挨拶だ。

「到着しました、真一《しんいち》様、咲穂様」

運転をしてくれた十条《じゅうじょう》さんに告げられ、俺と咲穂は郊外にあるヒラカワの技術センターに降り立つ。

「お2人とも、わたしを迎え入れてくれるかなあ……」

「……大丈夫だろ」

車寄せから自動ドアの玄関をくぐると、銀髪ロングの女性が白衣のポケットに手を突っ込んで、俺たちを出迎えてくれた。

「舞音《まのん》、久しぶり」

「舞音ちゃん……！」

彼女は平河《ひらかわ》舞音。俺の妹だ。

「不可解です。お兄ちゃんはマノンのお兄ちゃんにもかかわらず、どうして久しぶりなのでしょうか。妹に会いに実家に帰ってくるのは古来より兄の務めかと思いますが？」

「色々大変なんだよ……」

俺の自立主義に根ざした生活は変わらないため、アルバイトも続けているし、成績の維持にも忙しい。その上、ヴェリテの社長になるための準備も進めないといけないし、冬には大学受験だって控えている。

「その割には、咲穂さんと会う時間はあるのですね？」

「会うっていうか……」

「あー、そうでしたそうでした。咲穂さんと半同棲状態なんでしたね。不潔です」

舞音はふい、と踵《きびす》を返して歩き始める。俺と咲穂と十条さんはそれについていった。

「舞音ちゃん、怒ってる……？」

「不可解です。咲穂さんがそんなことを気にするなんて。恋愛留学《れんあいりゅうがく》の時には舞音だけじゃなく、他の花嫁候補の誰にもそんな遠慮なんかなかったはずですが？」

「そんな、わたし、ずっと真一にくっついてるような分別のない女じゃないよ？」

「うわー、無自覚はやばいですね……。さて、こちらです」

カードキー、指紋認証、声紋認証等々、厳重なセキュリティーを突破したあとに、俺たちを迎えたのは。

「おう、来たか。真一、咲穂さん」

俺の父親──平河真之助《しんのすけ》と。

「やっほー！　咲穂ちゃん、おっきくなったねー！」

俺の母親──平河楓《かえで》だった。

正確に表記するなら、ホログラムで投影されている、平河楓のＡＩクローンだが。

「あの、お父様、お母様！　改めて、わたし、品川《しながわ》咲穂と申します！　えっと、その、あの……」

ずっと考えていたはずのセリフがすべて吹っ飛んだのか、咲穂は、

「息子さんを、わたしにください！」

とそう言って深々とお辞儀をした。

「もちろん！」

即答で、平河楓の声が答える。

そして、その後に衝撃の一言をあっけらかんと告げた。

「それにしても、やっぱり咲穂ちゃんになったかー」

「…………え？」「は？」「……へ？」

俺、舞音、咲穂の順に呆《ほう》けた声を出す。舞音の声がかなりの怒気をはらんでいたのは、気のせいではないだろう。

「真一が私――つまり母親を失って、人脈ミニマリストになることは予想がついていたの。その時にきっと、真っ先に切り捨てようとするのは、咲穂ちゃんだわ」

「どうしてわたしなんですか……？」

「真一は咲穂ちゃんのこと大好きだったから」

「……!!」

それぞれの意味で目を見開く俺たちをよそに、ホログラムの平河楓はニコッと微笑《ほほえ》む。

「でも、咲穂ちゃんが大人になったら超絶美女になってモテまくることは分かってたから、真一が結婚出来る一番早いタイミングで囲っちゃうしかないでしょ？」

「言い方……」

「真之助くんがどういう風になっちゃうかもだいたい予想出来てたし、真一がそれを憎く思うことも分かってた。だから、その感情を利用して恋愛留学に参加させたってわけ。そうじゃないと、真一は誰かを選ぶことなく気付いたら咲穂ちゃんを失ってしまうでしょ？いやー、ここまで、全部シナリオ通りで、ママ自身もびっくり！」

「……真之助お父さん」

「どうした、舞音くん」

「このＡＩ、壊してもいいですか？」

「……一応、キミも含めて僕たちの技術と人生の結晶なんだがな」

と言いつつ、父も舞音の気持ちが分からないではないらしく、拒絶はしない。

「はあ……あの、楓お母さん。質問いいですか？」

「どうしたの？　舞音ちゃん」

ため息混じりの舞音に、あっけらかんと答える平河楓。

「では、他の花嫁候補は当て馬だったということですか？」

「当て馬なんかじゃないわ。他の子を選ぶ可能性だって十分にあったと思うもの。でもまあ、たしかに5人の女の子が確実に振られる構造にしたのだから、必然的に選ばれなかった子は当て馬ということになってしまうわね」

だがそこで、平河楓はイタズラな微笑みを浮かべる。

「……でも、参加してよかったでしょ？」

「それは……」

その時、扉が開いて、彼女が部屋に入ってくる。

「残念ながら、みんなはそう思ってるみたいね」

「大崎《おおさき》……！」

長かった黒髪は肩口で切り揃《そろ》えられて、それはそれで似合っている。

「ちょっと大崎すみれ？　今、わたしたちの両親挨拶の場なんだけど？　部外者が来るのっておかしくないかな？」

「部外者というならあなたの方よ、品川さん。ここは私の所属している研究施設なの。それに……」

大崎がパチンと指を鳴らすと、

「あなたたちにどうしても一言言いたい人たちから、資料を預かってきたの」

白壁のスクリーンに彼女が投影された。

『やっほぉ、真一くん、咲穂ちゃん、元気ぃー？　全然会えてないし、りぃってば3年後までスケジュール埋まっちゃってるからこれからも会えないし結婚式も行けないけど頑張ってねぇ！　じゃね、あとはよろしく、ばいばーい！』

こちらに手を振りながら忙しそうに走り去っていくのは目黒莉亜《めぐろりあ》。

彼女はソロアイドルとして再デビューを果たし、腹黒キャラを解禁してグループにいた時以上のブレイクを見せている。

カメラが移動する。

『あはは、目黒は大忙しだね。久しぶり、平河。この間公開した映画、観てくれた？『恋愛少女』っていうんだけど。主演女優賞もらっちゃった。誰のことを考えて演技したらそんなに上手《うま》くいったんだろうね？』

神田玲央奈《かんだれおな》は、演技に磨きがかかり、『子役上がりの天才女優』のブランドを『恋愛ドラマの女王』に塗り替えて、名実ともに俳優界のトップに君臨している。

そして、そのカメラが撮影者の方を向く。

『やっほー、シン！　アタシのアップした動画見た⁉　めちゃくちゃバズってるわ！　特にアタシの告白シーンがね！』

撮影者・渋谷《しぶや》ユウは恋愛留学の動画をアップして大ブレイク。その生き様《キャラクター》が愛されてチャンネル登録者数がもうすぐ日本一に届きそうとのことだ。

「私も含めて、みんな夢を叶《かな》えてる。さすが日本で一番お金のかかった留学プログラムと言わざるを得ないわね」

「……はあ、そうですか」

舞音は舞音で心当たりがあるらしく、呆《あき》れたようにため息をつきつつも、

「……まあ、マノンもお兄ちゃんと一緒に夢を目指すことが出来るようになったのはいいことですが」

と微笑みを見せてくれた。

俺は改めて両親に向かって、問い直す。

「それじゃあ……俺と咲穂の結婚は認めていただけたということでいいですか？」

「あ、でも、その前に。２人にはちょっとやってもらわないといけないことがあるんだ。久美《くみ》、あの資料を投影してちょうだい」

「はい、楓様」

十条さんが平河楓の指示を聞けるのが心底嬉《うれ》しいのか、笑顔を浮かべてから、指をパチンと鳴らす。

すると、そこに投影されたのは。

『夫婦留学プログラム』

「わあ……」「まじか……」

「これのために、遺産のもう半分をつぎ込んだから！　真実の夫婦愛を見つけてね！　がんばって、真一、咲穂ちゃん！」

俺は改めて思い直す。

「めちゃくちゃやばいやつじゃん、うちの母親……」

どうやら、俺たちの戦いは、まだ始まったばかりらしい。

あとがき

高校生の時、とある授業の期末試験で、『愛とは何かについて自分の考えを述べよ』というようなテーマで、小論文めいたものを書いたことがあります。

少し前に、その授業の名（迷）解答集が出版されて本屋に並ぶことになったとのことで、高校から「君の答えを掲載させてください」という連絡が、石田《いしだ》（高２ Ver.）が書いた文面と共に届きました。嬉しいことです。

自分の解答を改めて読んでみると、そこには『愛とは、その人のことをかけがえのない唯一の存在として認めること』と書いてありました。

なお、それを確かめるための方法も併記されていました。

曰《いわ》く、『その人のクローンが出来た場合、そのクローンに対しても同じ感情を抱くか？』ということを自分に問うてみればいいそうです。

つまり、クローンはその人の全条件が合致しているだけの別人で、その人自身ではないわけですから、そのクローンに同じ感情を抱くのであれば、あなたが愛していると感じているのはその人自身じゃなくてその条件なんですよ、つまり『かけがえのない唯一の存在』としては認めていませんよね、という理屈ですね。

では、高2の石田の言う通り、クローンを愛せるのが本当の愛ではないとして、失った大切な人にクローンでもいいから再会したいと思う感情は果たして、本当の愛ではないのでしょうか。知らねえよ！　さっきから何をごちゃごちゃ言ってるんだ！


お久しぶりです、石田灯葉《ともは》です。2巻も手に取っていただきありがとうございます！

こまっしゃくれた話からあとがきを始めてみましたが、絶ヒロはあくまでも愉快なラブコメディ（のつもり）です！　楽しんでいただけましたか？

著者としては、2巻は1巻以上にみんながいきいきと動いてくれて、書いていてとても楽しかったです。

1巻初稿執筆中にはまだなかった緋月《ひづき》さんの素晴らしいキャラデザや、宮下早紀《みやしたさき》さんに声をあてていただいたPVのおかげで、自分の中でのキャラクター像がすごくクリアになったというのがとても大きかったです。（PV可愛《かわい》いので是非見てください！）

さて。結論として、真一《しんいち》が『俺の嫁』に選んだのは彼女になりましたが、皆さんの『嫁』もしくは『推し』は見つかりましたか？　誰だったでしょうか？　1巻と2巻で変わった

りしましたか？（質問が多い）

1巻と2巻で同じ人だったら一途《いちず》に想《おも》っていただけて嬉しいですし、変わっていたら、2巻でまた新しい魅力を発見していただけたのが嬉しいです。

あ、もしくは増えたりしてても嬉しいですね。実際の配偶者は1人ですが、『俺の嫁』ならなんぼいてもいいですからね。

以下、謝辞を述べさせてください。

担当編集S様。企画開発からここまで一緒に作り上げてくださって本当にありがとうございます。自分でも気に入っているキャラクターがこんなにたくさん生み出せたのは間違いなくS様のおかげです！

緋月ひぐれ様。素晴らしいイラストとキャラクターデザインを本当にありがとうございます！　カラーもモノクロも魅力的すぎて、届くたびにドキドキが止まりませんでした。ご一緒出来て光栄です！

そして、デザインをしてくださったAFTERGLOWさま、校正者さま、印刷会社さま、担当営業さま。ほか、製作に関わってくださったすべての皆さま。お陰さまでこのお話を結末までお届けすることが出来ました。ありがとうございます。

そしてそして、２巻まで読んでくださったあなた。本作に出会ってくださり、選んでくださり、誠にありがとうございます。彼女たちの誰か一人でも、あなたの記憶に残っていてくれたらいいなと願っています。

それではまた、次回作でお会い出来ますように！

石田灯葉

読者アンケート実施中!!

ご回答いただいた方の中から抽選で毎月10名様に
「図書カードNEXTネットギフト1000円分」をプレゼント!!

URLもしくは二次元コードへアクセスし
パスワードを入力してご回答ください。

https://kdq.jp/sneaker

[**パスワード：dpdzt**]

●注意事項
※当選者の発表は賞品の発送をもって代えさせていただきます。
※アンケートにご回答いただける期間は、対象商品の初版（第1刷）発行日より1年間です。
※アンケートプレゼントは、都合により予告なく中止または内容が変更されることがあります。
※一部対応していない機種があります。
※本アンケートに関連して発生する通信費はお客様のご負担になります。

スニーカー文庫の最新情報はコチラ!

新刊 / コミカライズ / アニメ化 / キャンペーン

公式Twitter
[@kadokawa sneaker]

公式LINE
[@kadokawa sneaker]

友達登録で
特製LINEスタンプ風
画像をプレゼント!

絶対《ぜったい》に俺《おれ》をひとり占《じ》めしたい6人《にん》のメインヒロイン
season《シーズン》2.次《つぎ》に振《ふ》られるのはキミだ

著　石田灯葉《いしだともは》

角川スニーカー文庫　23712

2023年７月１日　初版発行

発行者　山下直久

発　行　株式会社KADOKAWA
〒102-8177 東京都千代田区富士見2-13-3
電話　0570-002-301（ナビダイヤル）

印刷所　株式会社暁印刷
製本所　本間製本株式会社

●お問い合わせ
https://www.kadokawa.co.jp/（「お問い合わせ」へお進みください）
※内容によっては、お答えできない場合があります。
※サポートは日本国内のみとさせていただきます。
※Japanese text only

Printed in Japan　ISBN 978-4-04-113843-4　C0193

★ご意見、ご感想をお送りください★
〒102-8177 東京都千代田区富士見 2-13-3
株式会社KADOKAWA　角川スニーカー文庫編集部気付
「石田灯葉」先生
「緋月ひぐれ」先生

[スニーカー文庫公式サイト] ザ・スニーカーWEB　https://sneakerbunko.jp/

角川文庫発刊に際して

角川源義

第二次世界大戦の敗北は、軍事力の敗北であった以上に、私たちの若い文化力の敗退であった。私たちの文化が戦争に対して如何に無力であり、単なるあだ花に過ぎなかったかを、私たちは身を以て体験し痛感した。西洋近代文化の摂取にとって、明治以後八十年の歳月は決して短かすぎたとは言えない。にもかかわらず、近代文化の伝統を確立し、自由な批判と柔軟な良識に富む文化層として自らを形成することに私たちは失敗して来た。そしてこれは、各層への文化の普及滲透を任務とする出版人の責任でもあった。

一九四五年以来、私たちは再び振出しに戻り、第一歩から踏み出すことを余儀なくされた。これは大きな不幸ではあるが、反面、これまでの混沌・未熟・歪曲の中にあった我が国の文化に秩序と確たる基礎を齎らすためには絶好の機会でもある。角川書店は、このような祖国の文化的危機にあたり、微力をも顧みず再建の礎石たるべき抱負と決意とをもって出発したが、ここに創立以来の念願を果すべく角川文庫を発刊する。これまで刊行されたあらゆる全集叢書文庫類の長所と短所とを検討し、古今東西の不朽の典籍を、良心的編集のもとに、廉価に、そして書架にふさわしい美本として、多くのひとびとに提供しようとする。しかし私たちは徒らに百科全書的な知識のジレッタントを作ることを目的とせず、あくまで祖国の文化に秩序と再建への道を示し、この文庫を角川書店の栄ある事業として、今後永久に継続発展せしめ、学芸と教養との殿堂として大成せんことを期したい。多くの読書子の愛情ある忠言と支持とによって、この希望と抱負とを完遂せしめられんことを願う。

一九四九年五月三日